아웃사이드 인

OUTSIDE IN

Text Copyright©2009 Chrissie Keighery
First published in Australia by Hardie Grant Egmont

This edition is published by arrangement with Hardie Grant Egmont through Kids Mind Agency,
Seoul.

아웃사이드 인

1판 1쇄 | 2013년 6월 15일

지은이 | 크리시 페리
옮긴이 | 서연

펴낸이 | 모계영
펴낸곳 | 가치창조
편  집 | 박지연
디자인 | 서정민

등  록 | 제406-2012-000041호
주  소 | 서울시 마포구 모래내로 7길 12, 405
전  화 | 070-7733-3227    팩  스 | 02-303-2375
이메일 | shwimbook@hanmail.net

©정가애, 2013
ISBN 978-89-6301-086-1 43840
     978-89-6301-071-7(세트)

가치창조 공식 블로그 http://blog.naver.com/gachi2012
단비청소년은 가치창조 출판그룹의 청소년 책 전문 브랜드입니다.

# 아웃사이드 인

크리시 페리 글 | 서연 옮김

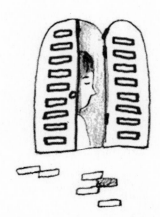

한 걸음 뒤에 떨어져 있는 그들을 위한 이야기

단비청소년

차례

내 자신을 찾기 위해 두렵지만 용기를 내는 친구들에게 이 책을 바칩니다.

# 조던

조던이 학교에 돌아왔다. 휴양의 시간을 보내고.

조던은 교복 치마 사이로 뾰쪽뾰족하게 올라온 풀의 감촉을 느끼며 풀밭 위에 앉았다. 오렌지 써니 보이(차가운 얼음 음료-옮긴이)에서 흘러내린 물방울이 조던의 뻗은 손을 타고 땅을 적셨다. 농구 코트가 내려다보이는 언덕배기는, 시원한 써니 보이가 아니었다면, 사실 메마르고 불편한 곳이었다. 하늘의 빛나는 태양이 이 모든 것들을 마치 예정해 놓은 듯 보였다.

수요일, 여전히 화요일 다음, 목요일 전에 오고 있었다. 마치 세상 모든 것이 제대로 이루어지는 것인 양, 마치 킹사이즈 침대 위에 엄마 혼자 몸을 이리저리 뒤척이며 자는 소리가 조금도 문제가 되지 않는 것인 양, 마치 조던의 인생의 조각들이 순풍에 돛 단 듯이 흘러갈 것이며, 지금까지 그래 왔었던 것인 양……. 무엇이든지 간에 상관없지만.

조던은 살짝 뒤로 앉으며, 팔꿈치를 바닥에 대고 몸을 뒤로 젖혔다. 남자아이들이 공을 튕기며, 토스하고, 뛰어다니며 땀을 흘렸다. 조던은 이해할 수 없었다. 이렇게 누워서 하늘의 구름이 만들어 내는 수많은 그림들을 바라볼 수 있을 때, 왜 공을 튕기며 토스를 하고 있는지. 달콤한 써니 보이를 홀짝일 수 있을 때, 왜 뛰면서 땀을 흘리고 있는지.

"잭, 한 골 더!"

리의 목소리였다. 리가 잭에게 말할 때 언제나 나타나는 특유의 과장된 음색이 있다. 한 옥타브 올라간 목소리 톤, 그것이 잭에게 말할 때의 리의 음성을 마치 오리같이 들리게 만들었다.

"그래, 파이팅 잭!"

조던이 입 밖으로 크게 소리쳤다. 그리고 응원 술을 돌리면서 춤을 추듯 손목을 신 나게 흔들어 댔다. "라, 라, 라!" 하고 응원가를 부르며.

리가 거친 금발의 곱슬머리를 귀 뒤로 넘기며, 눈을 세 번 깜박거렸다. 이는 리가 짜증이 나려 한다는 것을 의미했다.

방금 조던이 자신을 방해한 것은 아닌가 생각하며…….

리, 어떻게 모든 것들을 다 신경 쓰며 살 수 있단 말인가. 그건 너무 피곤하지 않은가.

"이리 와, 조던. 남자애들과 게임 한 번 할래?"

리는 상처를 빨리 받는 편이었다. 그러나 빨리 잊는 편이기도 했다.

"하고 싶으면 하자."

리의 머리가 갑자기 조던 눈앞에 나타났다.

"그래, 하자. 점심시간 22분밖에 남지 않았다고."

세실리아도 맞장구치며, 푸석푸석한 갈색 단발머리를 리의 커다란 금발 대걸레 머리통에 기댔다.

"너도 재미있어 할 것 같은데. 네가 싫다면 어쩔 수 없지만. 조던, 응? 네가 결정해."

"오스트레일리아는 자유민주주의 국가니까."

메러디스도 소리를 높이며 끼어들었다. 파란 하늘의 마지막 한 자락이라도 얼굴에 허용할 수 없다는 듯, 팔을 미친듯이 휘젓고 있었다.

조던은 다시 가만히 누웠다. 친구들은 모두 대단히 열정적이어서 서로 그렇게 부추겨 댔다.

조던은 해와 그늘 사이에 나지막한 실루엣을 그리고 있는 언덕 위를 슬쩍 쳐다보았다. 한 소녀가 홀로 앉아 있었다. 어떤 방해도 없이. 처음으로, 조던은 익명의 아이가 된다는 것이 무엇일까 궁금했다. 이처럼 귀찮은 것 없는 상태가 아닐까. 아마도 그것은 평화롭다는 것? 그것이 조던이 지금 간직하고 싶은 느낌이었다. 떠다니는 것 같기도 하고, 잠겨 있는 것 같기도 하다.

그러나 친구들은 그렇게 내버려 두는 것을 매우 싫어했다. 잠시 뒤, 친구들 세 명이 조던의 팔을 잡아당겼다. 그리고는 참으로 불균형스러운 모습을 연출했는데, 메러디스와 리가 조던의 오른편을, 왜소한 세실리아 혼자 조던의 왼편을 지탱하느라 애를 써 댔다.

"알았어, 알았다고."

조던이 나직이 신음하며 말했다.

"내 팔을 내가 다시 가져가도 될까? 내가 게임을 하려면 내 팔이 필요할 것 같은데 말이야."

"넌 그럼 뭐가 달라질 것 같나 보지, 미스 이방인?"

메러디스가 자극하듯 말했다.

조던의 눈동자가 흔들렸다. 언덕 아래 농구장으로 걸어가면서 작은 고통 같은 것이 순간 밀려왔다. 그것은 끊임없이 때때로 치밀고 일어나는 유예받은 고통과 같았다. 언제든, 잠시만이라도, 무엇이 일어났었는지를 잊고 있었을 때, 이미 예전에 주어진 형벌처럼. 조던과 엄마가 아무리 자신들의 죄가 무엇인지 알아내려 애를 쓸지라도 말이다.

수요일. 이제부터 수요일은 조던의 인생을 작은 여행 가방에 실어 새 아파트로 끌고 가는 날이 될 것이다. 조던은 얼룩말을 그 여행 가방에 넣지 않았다. 지금까지 모든 캠프, 밤샘 파티마다 데려가던 인형이었다. 그것은 자신의 진짜 집에서 자신의 베게 옆에 늘 있었던 것으로, 한쪽 눈은 눈구멍에서 떨어져 나와 있었고, 닳아 빠진 털 위로는 줄무늬를 거의 찾아볼 수 없었다. 그 따위 겉치레가 뭐가 중요하단 말인가? 보드라운 장난감, 그리고 자장자장 잠자리는 완벽히 끝났다.


"조던, 수업 끝나고 좀 남을까? 잠시 얘기 좀 나누었으면 하는데……."

수업 벨 소리와 함께 카우보이 영어라 불리는 물튼 선생님이 불러 세웠다. 물튼 선생님은 복고풍의 구레나룻과 매끄럽게 뒤로 빗어 내린 머리를 하고 있었다.

조던이 어깨를 으쓱했다. 그리고 머리를 아래로 향하고 친구들이 교실을 나가는 것을 애써 쳐다보지 않았다. 교실 문이 쾅 하고 닫혔다. 고개를 들자 교실 유리창 사이로 뒤통수 셋이 눈에 들어왔다. 조던의 세 친구들이 서성거렸다. 가까이 머무르면서.

물튼 선생님이 플라스틱 의자 위 조던 옆에 앉았다. 조던의 위가 조여 오며 단단히 굳어지는 것처럼 느껴질 때, 물튼 선생님의 구레나룻도 떨리는 것 같았다.

조던은 친구들이 물튼 선생님이 자신에게 무엇을 말하려 하는지 짐작할 수 있을지 궁금했다.

"조던, 네가 빼먹은 연습 문제지다."

물튼 선생님이 말했다.

"최근 좀 떠나 있었잖아. 어땠니? 너의 그……."

"휴양이요?"

조던이 물튼 선생님의 말을 이어 주었다.

"잘 쉬었어요. 감사합니다. 매우 편안해진 것 같아요."

조던은 지난 일주일 동안의 수용소 생활을 떠올렸다. 그 충격에서 회복하기 위해 떠나 있도록 허락된 날 동안 닥터 필(오스트레일리아의 유명 심리학자 필 맥그로우가 진행하는 텔레비전 고민 상담 프로그램-옮긴이) 주변을 뱅뱅 맴돌았다. 조던은 폭스텔(오스트레일리아의 케이블 방송사-옮긴이)에 있으면서 하루에 세 번이나 그 방송을 보았다. 비비큐 치킨과 환타, 그 텔레비전 심리학자의 캐치프레이즈 "전 여러분이 자신의 인생에 흥분하기를 원합니다."와 함께.

바로 맞춤형 서비스로, 조던은 가죽 소파에서 아무 일 없이 지낼 수 있었다. 텔레비전 속의 그들이 가엽고 보잘것없는 삶에서 걸어 나와 세상에 모습을 드러내는 동안, 조던은 손만 뻗으면 탁자 위의 영양제를 섭취할 수 있었다. 좀도둑, 알코올의존증자, 아내를 구타하는 남편…… 닥터 필이 그들에게 무엇을 해야 할 지 가르쳐 주었다.

"당신은 악한 존재가 아닙니다. 이 가정에서 일어나고 있는 일들 때문에 이 가정에 영웅이 필요한 것입니다."

조던은 저 닥터 필 무대에 자신의 엄마, 아빠가 서 있는 것을 상상해 보았다. 광고 시간까지 포함하여 한 시간 동안 그 정돈된 공간에서 자신들의 허위를 가려내게 되는 것을.

닥터 필이 조던의 아빠에게 말한다.

"당신은 여기에서 무엇이 중요한지를 깨달을 필요가 있습니다. 당신이 당신의 일을 그만두고 가족을 위해 더 많은 시간을 갖는다면, 당신은 그렇게 해야 할 필요가 있습니다!"

아빠는 긍정하며 고개를 끄덕일 것이다. 그리고 마음으로 사표를 쓰는 데 동의할 것이다. 그리고 그 옆에 앉아 있는 엄마를 사랑스럽게 쳐다보겠지. 그러고는 방청객에 시선을 던지며 맨 앞줄에 앉아 있는 조던에게 손을 흔들고, 그렇게 모든 것은 다시 좋아지겠지. 그것은 실제 일어나지 않을 것이란 것만 제외하면 말이다.

"이 가정에 영웅이 필요한 것입니다!"

그러나 이 가정은 영웅을 얻지 못할 것이다. 분명 오는 도중 길을 잃고 말 것이다.

"조던, 집에 문제가 좀 생겼다는 얘기는 들었다."

물튼 선생님이 조던의 등을 당기며 계속 말을 이어 갔다.

"선생님, 그거 완곡어법 아닌가요? 저 점점 그런 것에 익숙해지고 있거든요."

조던이 물튼 선생님이 가르쳐 준 것을 떠올리며 힘주어 말했다.

"지금 저희 부모님이 헤어졌다는 것을 말씀하시는 거잖아요? 그렇죠?"

"그래, 완곡어법이구나."

물튼 선생님이 천천히 말했다.

조던은 물튼 선생님이 대화에서 조금 뒤로 물러설 것이라 생각했지만, 그렇지 않았다.

"조던, 부모님이 헤어졌을 때 혼돈스럽고 슬픈 것은 자연스러운 거란다. 단지 네가 누군가와 얘기하고 싶을 때, 내가 여기에 있다는 것을 말해 주고 싶다. 그리고 스파이서 선생님을 네게 소개해 줄 수도 있다. 너도 알다시피 스파이서 선생님은 매우 좋은 분이란다."

스파이서 선생님은 학교 상담 선생님으로, 말하는 법을 교육받아 말을 풀어 갈 줄 알았다.

조던의 부모님도 조던에게 말을 했다. 아빠는 실질적이었다. 매사 친절하게도 이미 결정을 다 한 뒤에, 조던에게 알려 주는 형식이었다. 아빠는 말했다. 두 사람 모두 많이 노력해 왔지만 사실은 둘 다 오랫동안 행복하지 않았음을. 그리고 모든 사람은 행복할 자격이 있는데 그렇지 않았다고. 그것은 조던의 잘못도 어느 누구의 잘못도 아니라고. 엄마, 아빠는 계속해서 조던을 사랑할 것이고, 앞으로도 조던의 부모이며 어쩌고저쩌고……

아빠는 아마도 베스트셀러 《이혼 가이드》라는 책을 읽고 거기서 나온 말을 그대로 답습하고 있는 것 같았다.

엄마가 두 손 사이에 파묻고 있던 조던의 머리를 들어 올리는 것이 엄청난 노력처럼 보였다. 엄마가 고개를 끄덕이며 창백한 웃음, 즉 가짜 웃음을 지어 보일 때는 마치 다른 사람처럼 느껴졌다.

"전 괜찮아요, 선생님. 잘 지내고 있어요."

조던이 물튼 선생님에게 말했다.

조던은 친구들이 계속 기다리며 서성대는 모습을 손가락으로 가리켰다. 물튼 선생님이 고개를 끄덕이자 조던은 도망치듯 교실을 빠져나갔다.

"괜찮아, 조던?"

리가 야단법석을 떨었다. 리의 파란 눈동자에 아몬드 모양의 근심이 가득 차 있었다.

"당연히 네가 말해 줄 테지만 말이야. 그게 도움이 되거든. 그렇게 마음속의 것들을 풀어 놓으면 말이지."

"그게 생각보다 좀 복잡해."

조던이 리의 위로의 손을 치우며 말했다.

조던은 자신의 오물을 펼쳐 보이고 싶지 않았다. 물튼 선생님에게도. 학교 상담 선생님에게도. 심지어 친한 친구 누구에게도.

"내가 짐작해 보지. 네가 요새 학급 부진아였으니까 물튼 선생님이 학교 상담 선생님을 만나 보라 그랬을 것 같은데."

메러디스가 엇갈린 박수를 치며 말했다. 메러디스의 사시 눈과 고양이 똥구멍 입술은 메러디스의 특징이었다. 그것이 조던의 얼굴에 느릿한 웃음을 가져왔다.

아마도 모든 것은 궁극적으로 농담과 같은 걸까? 어떤 것도 진실로 심각할 것 같지 않았다. 더 이상.


조던은 자신이 아빠가 차에서 내리기를 원하는지 알 수 없었다. 그렇다고 아빠가 차 안에 그대로 앉아 창문을 내리고 구닥다리 자동차 오디오에서 흘러나오는 구닥다리 노래에 맞춰 손가락 장단을 맞추는 것을 원하는지도 알 수 없었다. 특히 양복과 넥타이 차림은 더더욱.

조던이 차 트렁크를 열고 작은 여행용 가방과 학교 가방을 던져 넣었다.

"안녕, 아빠 딸."

아빠가 말했다.

조던이 차 뒷좌석으로 미끄러지듯 올라탔다.

아빠는 마치 일상처럼 행동하면서 조던을 태우고 재빠르게 떠나려고 하였다. 놀라운 연기력을 지닌 아빠였다. 오스카상은 아빠에게 주어야 할 것 같았다.

조던이 팔을 뻗어 라디오 채널을 바꿨다.

"안녕하세요."

조던이 말했다.

"저녁은 카르보나라 스파게티를 만들까 생각하는데……."

아빠가 몸을 뒤로 젖히며 말했다.

뒷자리에는 세븐일레븐 봉투 두 개가 놓여 있었다. 엄마가 그곳에서 장을 볼 때에는 훨씬 더 물건이 많았고, 항상 녹색의 친환경 백을 사용했었다.

"난 끝내야 할 회사 일이 좀 있어. 한 시간 정도 걸릴 거야. 길면 두 시간."

아빠가 말했다. 어떤 것도 바뀌지 않았다.

차는 갓길로 들어선 다음 고속도로로 진입했다. 조던의 어떤 부분이 반대 방향을 끌어당기고 있었다. 조던이 진짜 집을 향해 외쳤다.

"안녕, 잘 있어!"

조던이 창밖을 응시했다. 눈을 감고 자신의 머리가 유리창의 떨리는 리듬에 맞추어 흔들리는 것을 느꼈다.

"멀지 않아. 다음번 도로로 진입한 다음, 바로 앞이야."

아빠는 계기판에 붙어 있는 내비게이션과 다름없었다.

거리 아래에는 조그만 공원이 있었다. 삼각형을 그리며 서 있는 작은 그네들, 미끄럼틀 한 개, 시소 한 개가 있었다. 그 아래에 깔려 있는 풀은 믿을 수 없을 정도로 푸르렀다. 차가운 콘크리트와 벽돌들로 이어진 거리에서 홀로 남겨진 것으로서의 미안함을 나타내는 것 같았다.

아빠가 건물 지하 주차장에 들어섰다. 어둡고 차가운 공간으로, 햇볕을 완전히 차단하고 있었다. 아빠가 계단으로 올라가는 문을 열었다. 거기에는 메아리 방이 있었다.

조던은 난간을 잡고 걸었다. 아빠가 쇼핑백과 조던의 여행가방을 들고 앞서 걸어갔다. 얼룩말이 들어 있지 않은 여행가방.

현관에는 세발자전거 한 대와 두발자전거 한 대가 있었다. 여러 가지 색 테이프들과 반짝이 종들로 덮여 있었다. 마치 어린 시절이 존재하는 것인 양.

조던은 잘 알고 있었다. 어린 시절은 단지 하나의 환상이며, 머잖아 깨진다는 것을.

또 하나의 층이 있었다. 그리고 또 하나의.

"이건 단지 짧은 기간 동안만이란 걸 알지, 아빠 딸?"

아빠가 어깨 너머로 말했다.

"그냥 임시적인 거란다."

다른 모든 것처럼.

"제가 아빠 노트북 써도 돼요?"

아빠가 열쇠로 문을 열 때 조던이 물었다.

"미안, 아빠 딸. 아빠가 끝내야 할 일이 있거든. 기다려 주지 않으련?"

조던이 거실을 서성이다 빈 침대 방을 둘러보았다.

"왜 이리 가만 있지를 못하는 거지?"

조던이 자신을 향해 큰 목소리로 물었다. 스스로가 마치 미친 사람 같았다.

조던은 카키색의 이불과 베개 커버가 자신의 진짜 집에 놓여 있는 이불장에서 집어 온 것임을 알 수 있었다. 익숙한 향기, 엄마가 쓰는 빨랫비누였다. "지구 환경에 안전하고, 찬물에도 잘 녹아요!"가 광고 문구였던.

이 이불 세트는 손님이 왔을 때 꺼냈던 것이었다. 주로 나나(할머니를 일컫는 구어-옮긴이)가 왔을 때, 하얀색 커버를 씌워 막대 사탕이 담긴 작은 단지와 함께 주었던 것이었다. 이불 밑으로 꽤 옛날부터 내려오던 풍습으로, 아침식사 때 숨바꼭질 놀이처럼, 남몰래 막대 사탕 단지가 주어지고, 단지 바닥에 오직 검은색만 남을 때까지 남몰래 먹어 치우던 것이다.

이제 나나는 어디에서 지내야 하지? 지금 아빠가 이 이불 세트와 오직 하나 남은 여분의 침대에 대한 소유권을 갖는다면?

조던은 밀려오는 질문을 멀리 밀어내며 방 구석구석을 살펴보았다. 서랍장 하나와 문이 반쯤 열린 낡은 옷장 하나가 놓여 있었다. 옷장 안에는 철제 옷걸이가 한 무더기 걸려 있었지만 옷은 걸려 있지 않았다.

조던은 가지고 온 가방을 열고 추리닝 바지와 티셔츠로 갈아입었다. 그리고 교복을 옷걸이에 걸었다. 그리고 한 손을 가방에 다시 넣어 사진을 꺼냈다. 이걸 세워 놓아야 할까? 서랍장 위에? 창턱 위에 죽은 파리 두 마리 사이에?

조던이 카키색 이불 위에 앉았다. 마치 호텔에 앉은 이방인처럼.

사진에는 엄마, 아빠 그리고 둘 사이에 조던이 있었다. 그들은 풍성한 모직 재킷을 입고 있었다. 조던이 입은 옷은 아빠가 입은 옷의 축소판처럼 보였다. 자신의 얼굴 위에 엄마의 까만 눈이 보였다. 셋이 스키를 타러 갔을 때, 산 밑으로 경주를 하다 멈추고 찍은 사진이었다.

"우리는 오랫동안 행복하지 않았다."

그것은 그리 오래전에 찍은 것이 아니었다. 그 사진은 1년 전쯤 아빠가 꿈에 그리던 직장에 들어가기 전에 놀러 갔던 여행에서 찍은 것이었다. 사진 속 미소는 거짓이었을까? 다른 모든 것처럼?

조던은 사진을 도로 가방에 처넣었다. 그리고 잠옷을 잊었음을 알았다.

이 구덩이 속에서 어떻게 시간을 보내야 할까? 이 카키색 베개와 함께 어떻게 시간을 죽일 수 있을까?

조던이 거실로 나갔을 때, 마룻바닥이 삐걱거렸다. 컴퓨터 자판 두드리는 소리가 잠시 멈췄다. 아빠가 조던을 쳐다보려고 몸을 돌렸다.

"모두 다 챙겨 왔니?"

"잠옷을 깜박했어요."

"아이고."

아빠가 몸을 반쯤 다시 컴퓨터로 돌렸다. 아빠의 손가락이 자판 위에서 슬금슬금 움직였다.

"잠시 공원에 다녀올게요."

조던이 말했다.

조던은 아빠가 안심하는 것을 느낄 수 있었다.

"그래, 가서 놀다 오렴."

아빠의 등이 말했다.

"네, 그럴게요."

조던이 자판을 두드리는 배경에 대고 나직이 숨 쉬며 중얼거렸다.

"햇볕이 비출 때, 신 나게 뛰놀아야죠."

조던이 현관문을 열고 현관 앞을 둘러보았다. 불빛 센서가 조던의 인기척을 감지했다. 문 두 개가 보였다. 다른 집 두 채가 있었다. 그 안에 다른 삶이 있겠지? 아이인 척하는 아이들과 가족인 척하는 가족들이 살겠지?

조던은 한 층 아래로 걸어 내려갔다. 이번에는 센서가 없었다. 대신 창문이 있었다. 조던은 잠시 멈추고 앉았다. 엄마가 암송하던 시 하나가 조던의 머릿속에 맴돌았다. '중간 지점에서'. 계단 중간 지점에서. 만족하는 것에 관한 시였다. 행복해진다는 것, 그리고 있는 그대로의 모습에 관한 시였다. 우리가 어디에 있든지 간에.

조던의 아빠는 예전에는 함께 속해 있었다. 그들이 함께 있었을 때, 하나의 가족이었다.

조던은 그 말을 기억했다. 하지만 지금, 그 말은 희미해졌다. 유령의 말처럼.

계단 아래, 조던이 서 있는 자리에서 삼각 공원이 보였다. 한 나이든 남자가 테리어의 목줄을 풀어 주었다. 조던은 그가 개를 앉으라고 하는 동작을 하고 있는 것을 보았다. 그는 개가 잘할 때마다 주머니에서 무언가를 꺼냈다. 개가 그의 손을 향해 높게 뛰어올랐다. 나이 든 남자가 개의 등을 두드려 주며 처음 동작부터 다시 시작했다.

"저분은 프랭크 씨이고 개는 완다라 불러."

조던은 몸이 화들짝 놀라는 것을 느꼈다. 누군가 옆에 다가오는 소리를 전혀 듣지 못했다.

"잭?"

조던이 위를 쳐다보며 물었다. 그것은 참으로 어리석은 질문이었는데, 왜냐하면 분명히 잭이란 걸 알았기 때문이다.

"여기서 뭐 해?"

조던은 마치 방해를 받은 사람처럼 화난 목소리로 말했다.

이 아파트는 또 하나의 우주와 같았다. 평행의 인생처럼. 다른 편의 인생으로부터 온 불청객을 받아들일 수 없었다. 잭이 여기에 있다는 것, 그 농구 소년 잭을 여기서 만난다는 것은 뭔가 잘못된 것 같았다.

잭은 그런 조던의 목소리 톤을 알아차리지 못한 듯했다. 잭은 조던 옆에 앉아 특대 사이즈의 운동화를 신은 발로 계단 복도를 가볍게 두드렸다.

"하, 너희 아빠도 우리 아빠와 같은 생각을 하신 것 같은데."

잭이 말했다.

"학교에서 멀지 않고, 짧은 기간 임대가 가능한 곳이니까. 우리 아빠는 아마도 여기서 평생 사실 것 같지만 말이야. 난 원래 월요일마다 여기에 왔었는데 수요일로 바꿨지. 운동 스케줄에 따라 가끔 주말에 바꿔서 올 때도 있어. 너는?"

조던이 머리를 가로저었다. 이런 쓰레기 같은 곳에 머무르는 것을 잭이 상관할 바 아니었다. 그건 어느 누구도 마찬가지고.

"프랭크 아저씨는 저 개를 어떻게 훈련시켜야 하는지 모르지."

조던이 대답하지 않자 잭이 계속 말을 이어갔다.

조던이 밖을 응시했다. 완다가 두 발로 서서 빙그르 돌았다. 가끔 완다는 4회전, 또는 5회전을 해야 했다. 마치 발레 댄서처럼. 하지만 이내 넘어져 다시 균형을 잡고 다시 처음부터 여러 번 반복해야 했다. 그리고 그 대가가 주르르 이어졌다.

"저분은 완다의 모든 것에 대가를 주지."

잭이 계속 말했다. 잭의 목소리에 비난이 들어 있었지만, 또한 다른 무언가도 섞여 있었다. 조던은 잭이 그 나이든 남자를 좋아하고 있음을 알 수 있었다. 조던은 잭이 그 나이든 남자가 개에게 너무 관대하다는 점조차도 매우 좋아하고 있음을 알 수 있었다.

"아주 멋진 아저씨지. 일어나. 내가 너한테 소개해 줄게."

잭이 말했다.

잭이 한 번에 계단을 세 개씩 뛰어 내려갔다. 무슨 용수철이 튕기는 것처럼 보였다. 조던은 왜 자신이 잭을 따라가고 있는지 이해할 수 없었다.

"이봐, 오늘 재미있는 농구 한판 할 수 있겠는걸."

잭이 계단 끝에 다다라 뒤를 돌아보며 말했다.

"글쎄, 넌 공을 얼굴로 받는 사람들이 많다는 걸 모르는 것 같다."

조던이 대답했다.

잭의 웃음이 메아리쳤다.

조던이 머리를 옆으로 갸웃했다. 잭의 부모님은 헤어졌다. 그런데 잭은 웃고 있다. 행복하게. 어떻게 그게 가능한 걸 까?

조던은 자신의 내면 깊숙이, 개인적인 공간에, 그 질문을 던져 넣었다. 그러고 나서 잭을 따라 밖으로 나갔다.

빛이 어스름해졌지만, 여전히 조던은 뒤따르고 있었다.

프랭크 아저씨의 아파트 구조는 아빠의 아파트와 정반대 방향으로 놓여 있었다. 마치 거울 속의 이미지처럼. 하지만 다른 가구들과 함께.

"정말 우리 집과 많이 똑같네요."

잭이 말했다.

"다른 데는 방이 좀 더 많기도 하던데."

잭의 파란 눈동자가 조던의 갈색 눈동자에 머물면서 초점을 맞추었다.

"너도 이런 것들에 곧 익숙해질 거야."

조던이 숨을 들이마시었다 내쉬었다. 마치 잭이 자신의 내면 깊숙이, 쓰레기 더미 속을 들여다보는 것같이 느껴졌다. 모두 정확히 쳐다보는 것 같아 이상한 기분이었다.

조던이 먼저 눈길을 돌렸다. 프랭크 아저씨의 아파트에서 외로움의 냄새가 났다.

프랭크 아저씨가 부엌에서 쿵쾅거리며 다니는 동안 잭이 부엌 식탁 의자에 앉았다. 아저씨네 주전자는 오래된 것으로, 가스레인지에 불을 붙이고 삑삑 소리가 날 때까지 기다려야 했다. 완다가 잭의 무릎 위로 뛰어올랐다.

"완다가 너한테 그렇게 뛰어오르게 하지 마라."

아저씨가 투덜댔다.

잭이 완다를 바닥에 내려놓았다. 2초 뒤 완다는 다시 잭에게 달려들었다.

"보세요, 아저씨."

잭이 투정하듯 말했다.

"아무래도 완다에게 이런 것이 습관이 된 것 같아요. 그럴 이유가 있겠죠."

잭이 조던을 향해 활짝 웃으며 완다 목덜미 아래의 털을
쓰다듬어 주었다.

"개는 훈련시켜야 한단다."

아저씨가 찻주전자를 탁자에 올려놓으며 말했다. 그리고
찻잔 세 개를 접시 위에 흔들거리며 가져왔다.

"맞아요. 엄격해야죠. 그렇죠, 아저씨?"

잭이 진지한 표정으로 말했다. 조던은 무언가가 자신의 심
장을 두드리는 것같이 느껴졌다. 그 무언가는 잭이 개를 토
닥거릴 때, 그 리듬과 동일하게 움직이고 있었다.

조던이 달콤한 차를 한 모금 홀짝이고 거실을 둘러보았다.
벽난로 선반 위에 적갈색의 낡은 사진이 있었다.

"결혼식 날, 루티와 나란다."

아저씨가 부드러운 음성으로 말했다.

조던은 목구멍에 덩어리 하나가 걸린 느낌이 들었다. 루티
는 이제 이 세상에 없음을 들을 필요가 없었다. 그녀의 부재
가 집 안 곳곳에서 느껴졌다.

"아저씨가 완다를 키운 뒤 더 좋아지신 것 같아요. 그렇지
않나요?"

잭이 말했다.

조던은 얼어붙었다. 잭이 계속 쳐다봤다. 이것이 농구 잭이 맞는지 도저히 믿을 수 없었다. 활발한 잭. 잭은 여전히 그러하다.

"그렇지, 잭."

프랭크 아저씨가 말했다. 아저씨가 손가락으로 완다의 목을 문질러 주었다. 완다는 우리 모두의 남겨진 사랑의 수혜자였다.

조던이 발가락을 쿠션에 밀어 넣고, 리모컨으로 새로 산 고화질 텔레비전을 켰다. 수요일이 아니어서 아파트에는 잭이 없었다. 하지만 조던은 잭이 계속 거기에 있는 것처럼 느껴졌다.

엄마가 저녁에 외부 일거리가 있어 나가야 했기에 조던은 아빠 집에 있는 것으로 결정됐다. 그것은 엄마, 아빠가 서로 말을 했다는 것을 의미했다. 그렇게 협의가 이루어졌고 둘은 조던의 거치를 정했다.

집에 있던 소파가 훨씬 더 딱딱했다. 가죽이었다. 하지만 조던이 누웠던 자국이 소파를 부드럽게 길들였다. 아빠 집의 이 새 소파는 정말 편안했다. 고동색의 벨벳 천이었다.

조던이라면 그런 색깔은 고르지 않았겠지만 그건 취향 차이니까. 조던이 몸을 쭉 뻗으면 소파가 부풀어 오르는 것 같았다. 마치 뭉게구름처럼.

어떤 구름은 단단해 보인다. 하지만 실제 그렇지는 않다. 만약 멍청하게도 구름 위에 편히 누워 본다면 구름 사이로 떨어지고 말 것이다.

"헤이, 아빠 딸. 뭘 생각하고 있어?"

아빠가 물었다.

"그냥요."

조던이 무릎을 당겨 아빠가 소파에 앉을 자리를 만들어 주었다. 아빠가 리모컨을 응시하자 조던이 손에 힘을 꽉 주고 움켜쥐었다. 조던이 벽시계를 쳐다봤다. 조던은 텔레비전 뉴스 시간이 가까이 오자 아빠가 어떤 말을 할지 궁금해하며 분침이 바뀔 때를 기다렸다.

"그래, 아래층 남자애하고는 잘 지내고 있니?"

아빠가 안경테를 조정하며 물었다.

조던의 눈썹이 올라갔다. 아빠는 장난꾸러기 소질이 다분했다. 그게 조던의 아빠였다.

조던이 유치원에서 돌아오는 블레이크라는 이름의 길 위

에서 과일즙을 먹을 때부터 조던은 아빠의 그 사적인 농담 코드에 적응을 해야 했다. 아빠는 조던과 블레이크의 공통점이 무엇인지, 어떻게 땅콩버터 샌드위치를 한 입씩 나누어 먹는가와 같은 농담을 주로 했다.

아빠가 씰룩거리며 웃었다. 조던이 텔레비전 소리를 줄였다. 아빠도 웃음을 지웠다.

"저녁 식사 때나 언제 한번 우리 집에 데려오지 그러니?"

조던이 발을 쭉 뻗었다. 그러면서 슬쩍 아빠를 쳐 냈다.

갑자기 현관문 두드리는 소리가 났다. 아빠가 조던이 나가 봤으면 하는 눈치로 어깨를 으쓱해 보였다. 조던이 리모컨을 인질처럼 손에 쥔 채 일어났다. 아빠도 함께 따라 일어났다.

남자아이 두 명이 서 있었다. 한 명은 빨갛고 파란 스파이더맨 복장을 하고 있었다. 옷이 작아 꽉 끼어 보였다. 윗옷은 배꼽까지, 바지 길이는 무릎까지로 짧았다. 아이의 얼굴은 거미줄 그림으로 온통 덮여 있었다.

다른 한 명은 더 어려 보였다. 그 꼬마의 복장은 슈퍼마켓 싸구려 용품 같아 보였다. 금이 가 있는 플라스틱 갑옷, 입으로 물어뜯은 자국이 선명한 플라스틱 칼.

아이들은 꽤 진지해 보였다. 장난스럽지 않았다.

"안녕하세요."

스파이더맨이 말했다.

조던이 현관 문틀에 기대섰다. 그리고 조던을 지탱해 주는 또 다른 무언가가 있었다. 어떤 감정이 일어났다.

스파이더맨이 옷이 너무 끼는지 가랑이 부분을 당겼다.

"음, 아빠, 제 생각에는 스파이더맨과 헤라클레스네요."

조던이 아랫입술을 당기며 말했다.

"네."

작은 아이가 자랑스럽게 말했다.

"내가 헤라클레스예요."

아빠가 조던의 어깨에 손을 얹었다. 조던이 받아들여 줄지 시험해 보며…….

"그럼, 오늘 어떻게 우리가 스파이더맨과 헤라클레스를 도울 수 있지?"

아빠가 물었다. 목소리가 매우 진지했다.

"우리가 철창을 두드리고 있어요!"

스파이더맨이 또 한 번 바지춤을 잡아당기며 말했다.

"아무 문들이나요."

헤라클레스가 덧붙였다.

아빠가 코웃음을 쳤다. 조던은 아빠가 그 웃음을 거의 잊어버린 줄 알았다.

"퍼거스, 챈들러! 저녁 먹어야지!"

한 여자의 음성이 복도 계단에 메아리쳤다. 그러자 영웅들이 몸을 돌리고 줄행랑을 쳤다.

"네가 저만 한 나이 때가 기억나는구나."

아빠가 함께 거실로 돌아오며 말했다.

"넌 원더우먼 복장을 했었지. 5일 동안이나 그 옷을 입고 잠을 자면서, 절대 빨지도 못하게 했어."

조던이 머리를 기울여 아빠를 보았다. 눈으로 보지 않고도 알 수 있을 정도로 멀리 서 있지 않았다.

조던은 원더우먼 옷을 입고 자던 때가 갑자기 떠올랐다. 악몽을 꾸면 엄마, 아빠 방으로 가기 위해 어둠 사이를 살금 살금 갔었다. 그리고 아빠가 자는 쪽을 선택하는 것이 더 현명한 것이었다. 엄마는 밤에 자다가 깨는 것에 서툴렀다. 달래 주기보다는 화를 내는 편이었다. 조던은 자신이 꾼 악몽을 이야기하느라 아빠 귀에 입을 대고 속삭거렸다. 엄마가 깨지 않게 하려고 최대한 작은 소리로.

조던을 뒤쫓아 오는 한 나쁜 남자가 있었다. 좁은 오솔길에 들어서면 자신의 집이 보였다. 하지만 다가갈 수가 없었다. 아무리 달려도 전혀 가까워지지 않는 것 같았다. 그 나쁜 남자는 무거운 발걸음으로 쿵쿵 다가왔고, 조던은 그가 무엇을 원하는지 몰랐다. 오로지 아는 것은 그가 나쁘다는 것뿐. 매우 무서웠다.

여기까지 얘기가 끝나면, 이번엔 아빠 차례였다. 아빠는 입을 조던의 귀 가까이 대고 속삭였다.

"원더우먼은 초능력이 있다는 걸 잊지 마. 그 나쁜 남자가 다시 나타나면, 넌 날 수가 있어. 그냥 하늘로 날아올라 집으로 오면 돼."

조던이 다시 소파에 누워 발을 뻗어, 아빠의 다리 위에 올려놓았다.

"잭에게 물어볼게요."

조던이 리모컨을 아빠에게 던지며 말했다.


또 한 번의 수요일. 어김없이 찾아왔다.

"조던, 네 지도 다 끝냈니?"

세실리아가 물었다.

"우리 지리 5단원 하고 있거든. 너 아직 못했으면 내가 도서관 따라가서 도와줄게. 나한테 좀 남은 그래프 종이도 있거든."

"나한테는 가는 펜들도 많이 있지."

리도 거들었다.

"너 지난 과제 빼먹었잖아. 그래서 아마도 이렇게 하는 편이 나을걸."

"괜찮아, 친구들. 나 다 했어."

조던이 웃으며 대답했다.

하지만 마음속에선 친구들이 너무 많이 도와주려 하지 말았으면 좋겠다고 생각했다. 실제 조던은 지도를 꽤 잘 그려 왔다. 오늘 밤 아빠 집에 가져가 보여 줘야 하나 고민할 정도로. 아빠는 이런 종류의 것을 매우 좋아했다.

조던이 한 걸음 뒤로 물러섰다. 조던은 작은 공간을 가지고 싶었다.

비가 많이 내리는 것 같지 않았지만, 보슬비 같은 것이 운동장을 잠시 비워 놓았다. 패거리들이 학교 구내식당 지붕 밑에 서 있었다.

남자애들은 안절부절못하며, 일부러 서로 몸을 부딪쳐 댔

다. 메러디스가 샘의 갓 난 수염을 가지고 놀리는 소리가 조
던의 귀에 언뜻 들렸다. 샘이 얼굴이 빨개지더니 메러디스
에게 헤드록을 걸었다. 조던의 눈동자가 정신없이 굴러갔
다. 거침없는 메러디스와 어울리려 애쓰는 샘이 가엾어 보
였다. 조던 쪽에서 바라보면 그들은 체구가 같아 보였지만,
자신감에 있어서는 메러디스가 한 수 위였다.

'굿 럭, 친구야.'

조던이 속으로 말하며 그 사선에서 몸을 피했다.

메러디스와 샘이 잭과 세게 부딪쳤다. 잭이 들고 있던 소
시지가 코에 부딪쳐 케첩이 묻었다. 그러자 리가 손을 잽싸
게 뻗어 잭의 코를 닦아 주었다. 언제나 깔끔한 것을 좋아하
는 리였다.

"오늘 밤에 뭐 해?"

조던이 잭에게 물었다.

"완다에게 주려고 새 목줄을 샀어."

잭이 토마토소스 따위는 아랑곳하지 않는 듯 대답했다.

"함께 프랭크 아저씨 집에 들러서 완다에게 주고 갈까 생
각하는데."

조던이 기둥에 몸을 기댔다. 조던은 잭의 눈이 그의 입보

다 더 많이 미소 짓고 있음을 알았다.

"완다가 누구야?"

리가 끽끽거리며 물었다. 그리고 목소리 연습이라도 하듯 같은 목소리로 다시 물었다.

"완다가 누구야?"

잭이 조던을 대신하여 대답했다. 조던은 올 것이 왔음을 느꼈다. 리의 눈이 주시하고 있었다.

"개 이름이야. 우리같이 이혼한 부모를 둔 불쌍한 아이들이 가도록 되어 있는 아파트에 살고 있지."

조던은 세실리아와 리가 순간 놀라 얼어붙었음을 느꼈다. 그들은 그것을 큰 소리로 말한 잭을 걱정하고 있다는 것도 알 수 있었다. 지랄 같은 상황이었다.

조던이 그것이 리를 찌르는 줄도 모르고, 리의 트위스티 (쫀득쫀득한 쫄쫄이 같은 간식-옮긴이) 통에서 트위스티 하나를 꺼냈다. 잭에게 오는 것은 날카롭지 않았다. 동정도 없었다. 단지 하나의 이해가 있었다.

농구공 하나가 코트로 던져졌다. 그리고 물론 잭도 따라 나갔다. 그가 움직였다. 그리고 조던 역시 움직이는 것처럼 느껴졌다. 조던도 슬픔을 흘려보낼 수 있을 것이다. 잭이 먼저 보여 준 것처럼.

그날 오후 수학 시간은 느리게 흘러갔고, 미술 시간은 빠르게 끝났다. 그리고 어쨌든, 아빠는 차 안에서 음악에 맞춰 운전대를 두드리며 다시 그곳에 있었다. 그러나 이번에 조던은 라디오 채널을 바꾸려 하지는 않았다. 다소 촌스러운 음악으로 아빠와 잘 어울렸다.

"안녕, 아빠 딸. 그게 가방이구나! 여분의 물건들도 챙겨 왔지?"

아빠는 대답을 기다리지 않고, 자동차 시동부터 켰다. 조던이 뒷좌석으로 미끄러지듯 들어가 자신이 만든 지도를 꺼냈다. 아빠가 그것을 운전대 위에 펼쳤다. 차는 공회전을 하고 있었다.

아빠는 손가락으로 지도 위의 작은 네모를 짚어 가며 보았다. 조던이 스스로 평가할 때 병원 그림은 형편없었다. 검은 사인펜이 아닌 리의 가는 펜을 사용했어야 했다.

"딸, 이건 정말 좋은데! 이렇게 축척해서 모든 것을 그린다는 것은 쉽지 않지."

아빠가 지도를 접을 때는 매우 조심스러워 보였다. 마치 진짜 지도인 것처럼, 반듯한 주름을 잡아서 접으려 했다.

아빠가 깊이 숨을 내쉬었다. 계속 차를 공회전시키고 있는 것이 이상했다.

"네가 혹시 또 잠옷을 잊고 올까 봐……."

아빠가 뒷좌석의 비닐 봉투를 향해 고갯짓을 하며 말했다.

조던이 팔을 뻗어 비닐 봉투를 집었다. 그리고 안을 들여다보았다. 조던은 원더우먼 잠옷이 자신의 사이즈로도 나오는지 몰랐다. 봉투 안에는 빨갛고 파랗고 하얀색의 원더우먼 잠옷이 들어 있었다.

차가 고속도로를 달릴 때, 조던은 작게 웃었다.

"고마워요."

조던이 속삭였다.

아빠 말이 맞았다. 그곳은 그리 멀지 않았다. 그들은 삼각공원을 지나 왼쪽으로 돌아서 주차장에 들어갔다. 아빠가 시동을 끈 뒤에도 둘은 잠시 차에 그대로 앉아 있었다. 운전사와 승객. 아빠와 딸.

아빠의 손이 운전대 위에서 쉬고 있었다. 여전히 그들이 가야 할 다른 곳에 데려다 줄 수 있음에도 불구하고, 또 어디로 가야 할지 방향을 선택할 수 있음에도 불구하고.

"넌 괜찮니, 아빠 딸? 밀크셰이크나 다른 것 먹고 싶은 건

없니? 어디 다른 곳에 태워다 줄까?"

조던이 뒷좌석에 놓여 있는 불룩한 자신의 가방과 새 잠옷을 쳐다보았다. 조던은 아빠의 집에 두 번째 유니폼을 남겨 놓을 것이다. 아마 몇 장의 사진도. 엄마 집에는 여전히 많은 물건들이 있다.

조던의 가방 앞 주머니에 무엇 하나가 삐죽이 삐져나왔다. 그것은 앞으로 엄마 집에서 아빠 집으로, 아빠 집에서 엄마 집으로 조던과 함께 움직일 것이었다. 선한 눈 한 개, 매달린 눈 한 개, 작은 휴대용 위로. 바로 얼룩말이었다.

조던은 숨을 들이마셨다 내쉬었다.

"아니, 그냥 올라가요. 그냥 집으로요."

# 리

    리는 작은 빗방울들이 구내식당 지붕 끝에 매달려 있는 것을 바라보았다. 그것들은 콘크리트 바닥으로 떨어지기 전, 빗방울로서의 마지막 비행에 대한 떨림을 가지고 잠시 동안 멈추어 있었다.

    조던이 손을 뻗쳐 트위스티 또 한 개를 리의 통에서 집어 들었을 때, 리는 정신이 들었다.

    리는 잭이 주변에 있을 때, 늘 오는 느낌이 있었다. 공상이 떠나가고 공황 상태가 찾아왔다.

    무슨 말을 해야 할지, 어떻게 행동해야 할지, 어떻게 교복 아래로 미친 듯이 뛰고 있는 심장을 숨겨야 할지, 혹시 잭이 조금이라도 자신과 비슷한 감정을 가졌을지, 아니면 하느님, 제발 그러하게 해 달라 소원하며, 궁금해했다. 한편,

그것을 알 수 있는 몇 가지 사인들이 있다고 리는 생각했다. 그것이 처음 있는 일은 아닐지라도 리는 그렇게 오해했다.

조던이 없을 때, 잭은 리에게 관심을 보이는 것 같았다. 실제 잭이 그런 적이 있기는 했다.

잭이 리에게 미술 시간에 도움을 청했다. 리는 잭의 그림에 기대어, 명암 그리기를 도와주었다. 잭의 팔이 리에게 다가왔다. 리는 바로 자신 곁에서 잭의 가슴이 올라갔다 내려갔다 하는 것을 느꼈다.

같은 날, 잭이 손을 흔들며 리를 불렀다. 그리고 잭과 샘이 리를 위해 구내식당 줄을 맡아 주었다.

얼마 전 함께 농구를 할 때도, 리는 그것을 다시 느꼈다. 리가 코트에서 드리블할 때 잭이 수비를 했다. 잭의 근육질 팔이 공을 향해 뻗어 왔다. 그러다 잭이 팔로 리의 허리 주변을 치는 명백한 파울을 했다. 잭이 리를 휙 돌려 버렸던 것이다. 잭의 커다란 손이 리의 몸속 맥박을 고동치게 하였다. 맥박은 간지럼 뒤의 몸서리처럼, 잭이 리를 터치한 뒤에도 계속 고동치고 있었다. 공이 잭의 팀에 넘어감에 항의를 하면서도 리는 키득거리며 웃었다. 리는 자신이 게임이 끝난 뒤에도 이 순간을 수천 번 되새기며 기억할 거라는 것을 잘 알고 있었다.

샘이 구내식당의 비좁은 공간에 끼어들었다.

샘과 메러디스는 싸움 장난을 했다. 메러디스가 항상 그랬듯이 먼저 샘의 화를 돋우었다.

리는 그런 샘이 좀 불쌍했다. 메러디스를 헤드록 걸고 있는 건 샘이라고 할지라도 샘의 얼굴이 힘을 쓰느라 붉으락푸르락해졌고, 메러디스가 샘의 정강이를 걷어찼는데 보는 것만으로도 무지 아파 보였다.

그들이 아이들 사이를 위태롭게 질주했다. 그리고 세실리아를 향해 파고들었을 때 리는 숨을 멈추었다. 왜냐하면 세실리아에게만큼은 파고들지 말아야 하기 때문이다. 세실리아는 너무 작고 부서질 듯 가냘픈 아이였기에 그런 거친 장난은 피해야 할 것 같았다.

리는 가끔 다른 친구들이 모두 성장하면서 키가 클 때, 세실리아는 반대로 줄어드는 것 같다고 생각하곤 했다. 하지만 그것은 걱정일 뿐이었다.

리는 세실리아가 샘과 메러디스가 밀고 들어오는 공간에서 몸의 각도를 옆으로 틀어 포물선을 그리며 피하는 모습을 보았을 때, 비로소 다시 숨을 쉬었다. 대신, 메러디스의 머리를 휘어감은 샘이 팔꿈치로 잭을 쳤다. 잭이 손에 든 소시지 빵을 막 한 입 먹으려던 순간이었다. 잭의 코에 토마토소스가 한 줌 묻었다. 생각할 겨를도 없이, 리가 손을 뻗쳐 토마토소스를 얼른 훔쳐 냈다. 잭마저도 리를 보지 못했다.

"오늘 밤에 뭐 해?"

조던이 잭에게 물었다. 마치 아무 사람에게나 말하듯 무심하게.

"완다에게 주려고 새 목줄을 샀어."

잭이 조던에게 말하고 있었다.

"함께 프랭크 아저씨 집에 들러서 완다에게 주고 갈까 생각하는데."

조던이 기둥에 몸을 기댔다. 자연스럽게……. 놀라웠다. 조던이 놀라운 것은 늘 그렇게 쿨하게 보일 수 있다는 것이다. 심지어 부모님의 이혼을 통해 무시무시한 일련의 고통을 겪으면서도, 조던은 여전히 쿨하게 구는 방법을 알았다.

"완다가 누구야?"

리가 물었다. 리는 자신이 말할 때의 입모양, 즉 입술을 동그랗게 말며 말하고 있다는 것을 알았다. 그것은 사실 어색했다. 잭이 주변에 있을 때, 그런 입모양에서 나오는 소리는 리 자신에게조차 좋게 들리는 소리는 아니었다. 다시 한 번 시도해 보았다.

"완다가 누구야?"

리는 잭의 시선이 자신에게 건너오기를 기다렸다. 하지만 그의 눈동자가 조던에게 계속 매달려 있는 것을 보고, 리는 세게 입술을 깨물었다. 잭의 코에 묻은 케첩을 닦아 주지 말았어야 했다.

조던은 계속 기둥에 몸을 기대고 서 있었다. 마치 자신의 깊은 갈색 눈동자가 얼마나 빛나고 있는지 모르는 것처럼. 마치 그 어둡고 이국적인 마력이 하품 따위나 되는 것처럼.

"개 이름이야."

잭이 대답했다. 여전히 조던을 응시하며.

"우리같이 이혼한 부모를 둔 불쌍한 아이들이 가도록 되어 있는 아파트에 살고 있지."

리는 마치 심장을 망치로 맞은 듯, 뻣뻣이 굳은 느낌이 들었다. 그것은 조던에게 말하는 방식이 아니었다. 조던에게는 마치 달걀 위를 발끝으로 건너가듯 조심스러워야 했다. 조던은 아직 부모님의 일을 말할 준비가 안 되었기에, 아직 가까운 친구들에게조차 입 밖으로 꺼내 놓지 않았다. 우선,

조던 스스로 자신의 일을 추스를 수 있는 시간을 주어야 했다. 그렇지 않은가? 그럼에도 조던이 반쯤 미소 짓는 모습을 보고 리는 충격을 받았다.

조던과 잭이 이 대화를 이끌어 가는 공동 주체였던 것이다. 그것은 둘만의 배타적인 클럽이었고, 나머지 셋은 군중일 뿐이었다.

리는 조던을 매우 걱정했다. 어떻게 말도 하지 않고, 어떻게 원하는 것도 아무것도 없는지⋯⋯. 하지만 조던은 말과 행동을 하고 있었던 것이다. 잭과 함께.

리가 사과 주스 한 모금을 홀짝였다. 마치 개의치 않는 것처럼. 빨대가 리의 입에서 순간 떨어지면서 입고 있던 교복을 적셨다. 손가락으로 재빨리 주스 얼룩을 문지르는 리의 얼굴이 빨개졌다. 하지만 아무도 눈치채지 못한 것 같았다.

메러디스가 리의 트위스티 통에 손을 밀어 넣으며, 욕심부리느라 터질듯 가득 찬 입으로 깔깔거릴 때, 리는 안도했다. 리가 신호를 보낸 것이다. 잭과 조던이 함께 떠도는 순간을 깨고자 트위스티 통을 꺼내 놓았다. 세실리아가 몇 개를 집어 들고 자리를 떴다.

마침내 조던이 잭에게서 눈길을 돌렸다. 조던이 리의 트위스티 통을 살펴보더니, 가장 큰 트위스티를 가져갔다.

멍청하게도, 리가 트위스티 통을 잭에게 건넸다. 만일 트위스티 통이 아닌 자신의 심장을 꺼내어 손에 받혀 들었다면, 매번 겪었던 식의 같은 일이 일어나겠지. 잭이 거부의 고갯짓을 하고 다시 조던에게 아니면 리가 아닌 다른 예쁜 여자애들에게 눈길을 보내겠지.

절대 그녀가 아니었다. 절대 그녀가 될 수 없었다. 무엇이 리를 이렇게 생각하게 만들었을까?

갑자기 농구 게임이 리를 다시 불러 세웠다. 공이 조던의 얼굴에 부딪히자 잭이 조던에게 달려갔다. 마치 공을 끼고 뛰다 타임아웃된 것처럼 잭의 옆구리에 공이 꽉 껴 있었다. 조던은 아팠을지라도 아프지 않다고 했다. 그리고 조던은 늘 그랬듯이 자신이 믿고 싶은 것을 다른 사람들도 믿게 할 수 있었다.

리는 조던의 그런 방식에 관해 생각해 보았다. 어떻게 원하는 모습을 보이지 않고 원하는 것을 얻을 수 있는지 궁금했다. 조던과 잭의 비슷한 점이기도 했다.

잭은 조던 가까이에 오래 머물렀다. 샘이 잭에게 한판 하자고 공을 던지기 전까지 조던 주위를 배회했다.

보슬비가 그쳤다. 약간의 안개가 낮게 깔리며 운동장을 덮고 있었다. 마치 잘못된 시간에 낮이 밤으로 바뀌고 있는 것 같았다.

리는 농구공이 코트 쪽으로 토스될 때 바라보았다. 리는 잭이 조던을 슬쩍슬쩍 바라보며, 공을 따라다니는 것을 주시했다. 잭의 넓은 어깨, 경쾌하게 뾰족뾰족 솟은 갈색 머리, 긴 다리, 파란 눈동자……. 모두 달아났다.

물튼 선생님이 책상 근처로 걸어와 학생들이 쓴《맥베스》감상문을 꺼내 놓았다. 물튼 선생님은 구레나룻과 젤 바른 머리 그리고 체크무늬 남방을 입고 학생들의 책상에 앉는 특징이 있었다. 그것이 리의 눈에는 너무 친밀한 접근처럼 보이면서 다소 선생님스럽지 않게 느껴졌다. 그리고 그의 과목에 대한 열정은 조금 길들여지지 않은 것 같기도 했다. 하지만 그는 모든 아이들이 가장 좋아하는 선생님이었고, 그래서 리도 그랬다. 그래야 할 것 같았다.

선생님은 교실 뒤쪽에서부터 출발했다. 리는 선생님이 새로 전학 온 여자애를 칭찬하자, 몸을 돌려 쳐다보았다. 그 애는 항상 혼자 앉았다. 그 애는 분명 똑똑했지만, 물튼 선생님이 양손의 엄지손가락을 추켜세울 때조차도 고개를 숙이고 있었다. 물튼 선생님의 그런 것도 매우 선생님스럽지 않았다. 아니면 어쩌면 리가 단지 긴장하고 있어서 그렇게 보였을 수도…….

리는 선생님이 자신의 감상문을 언제 줄지 기다리며 책상 주변을 두리번거렸다.

메러디스가 리도 얼핏 알 수 있는 한 노래의 템포를 따라 손가락을 두드리고 있었다.

"언제나처럼 훌륭한가요, 선생님?"

메러디스가 선생님이 자신 앞에 감상문을 떨어뜨리자 물었다. 메러디스는 책 위에 계속 손가락 드럼을 치며, 물튼 선생님이 그의 구레나룻을 흔들며 웃을 때에도 박자를 놓치지 않았다.

"좀 더 노력해서, 좀 더 훌륭해지도록, 메러디스."

선생님이 말했다.

메러디스가 자신의 점수를 보려고 종이를 뒤집었다.

"비, 브브, 바, 바,바,바."

메러디스가 손가락을 까딱이며 머리를 돌리면서 자신의 점수를 노래했다. 재미있는 메러디스.

리의 눈이 손에 턱을 괴고 있는 조던에게 돌아갔다. 조던이 진짜 관심 없다는 듯, 천천히 자신의 점수를 쳐다보았다. 조던은 왜 그래야만 할까? 종국에는 모든 것이 늘 그런 식이었다. 부모님의 이혼 때문일까? 글쎄, 신경 쓰지 말자. 이제 조던에겐 완벽한 새 남자 친구가 생겼잖은가.

"조던, 꽤 잘했다. 하지만 네가 진짜 책을 읽었다면 더 잘했겠지."

물튼 선생님이 말했다.

"많이 바빴어요."

조던이 계속 턱을 괸 채 빠르게 대답했다. 그래도 선생님은 화를 내지 않았다. 리는 선생님이 마치 이해한다는 식으로, 단지 머리를 약간 흔들고, 눈썹을 살짝 추켜세웠을 뿐임을 알 수 있었다.

왜 늘 리는 무언가를 놓치는 느낌을 갖는 것일까? 자신을 제외하고는 모두 물튼 선생님과 친밀한 것 같았다.

조던이 자신의 감상문을 슬쩍 쳐다보았다. 길게 적힌 빨간색 글자와 윗부분에 적힌 점수 C가 리의 눈에 보였다.

리는 기다렸다. 그리고 이제 세실리아 쪽을 쳐다보았다. 세실리아는 사랑스런 무용수의 자세로 똑바로 앉아 있었다.

세실리아가 약간 당황한 것처럼 손으로 자신의 점수를 가렸다. 그러나 리는 이미 세실리아라면 놀랍지도 않는 삼각형 모양의 A와 그 옆에 붙은 십자가, 즉 A+를 보았다.

리가 손가락으로 곱슬머리를 따라 빙글빙글 말아 올렸다, 풀었다를 반복했다.

"수고했다, 리."

물튼 선생님이 감상문을 리 앞에 놓으며 말했다. 머리를 숙이자 C+가 보였다. 이것이 리가 노력한 결과였다.

리가 조던 식으로 대수롭지 않은 듯 어깨를 움츠렸다. 리는 쿨하게 보이고 싶었다. 하지만 제정신이 아닌 사람처럼 눈이 깜박이고 눈꺼풀이 올라갔다 내려갔다 파닥거리는 것에 신경이 쓰였다. 리가 자신의 감정을 필사적으로 숨기려 할 때도, 다른 사람들이 자신이 어떻게 느끼는지 알아차리는 것은 정말 화가 나는 일이었다. 리는 가망이 없었다. 리는 다른 사람들이 자신은 감상문 따위에는 신경 쓰지 않는다고 생각하도록 하지 못했다. 리의 팔 위로 손 하나가 얹어지는 것이 느껴졌다.

"리, 너 또 눈 깜박인다."

리가 가장 감추고 싶은 것을 정확하게 지적하는 것이 참으로 메러디스다웠다. 처음 의도는 좋았을지라도 끝이 따가 웠다.

"걱정하지 마. 괜찮은 점수인데 뭘. 평균이잖아."

리가 어느 누구도 속이지 못할, 가짜 웃음을 지으며, 입꼬 리를 어색하게 올렸다. 메러디스 말이 맞았다. 평균 점수였 다. 마치 리의 다른 모든 것처럼.

잭과 조던, 조던과 잭,
그들이 앞으로 가질…… 심장의 고통.
그들의 사랑의 보금자리는 여기에도, 저기에도,
*사랑은 그들을 어느 곳이라도 따라가네!*

메러디스가 학교 화장실에 갔을 때, 벽면에서 발견하였다. 메러디스는 허리 주변을 두 팔로 감싸 안고 노래를 부르듯 읽으며, 몸을 흔들면서 자신의 엉덩이를 꼬집으려 몸을 숙 였다. 메러디스는 마치 자신이 그 노래를 지은 듯이 굴었다.

순간 리는 자신이 소리 없이 활짝 웃은 것이 적절했다고 확신했다. 리는 다른 여자애들이 자신의 거짓 웃음 속에 우 울함이 묻어 있는, 입술 아래 피부의 모양을 감지할 수 있었는지 궁금했다. 리는 세실리아가 자신의 눈을 너무 가까이서 바라보지 않기를 바랐다. 리는 자신의 입을 웃게 만들 수는 있었지만, 눈은 어려웠다. 리는 세실리아의 산만한 웃음을 보고, 이번에는 잘 모면할 수 있을 것 같다고 생각했다.

"뭐야, 메러디스."

조던이 마치 디즈니 만화영화 속의 공주처럼 사랑스런 눈동자를 굴리며 말했다.

"도대체 그 멍청한 노래 따위 없이, 그냥 남자인 친구를 요즘 세상에서는 사귈 수 없을까? 잭은 내 남자 친구가 아니야. 너야말로, 사랑하는 그대여, 메러디스. 우리가 바로 완전 비극적인 사랑이야. 슬프고 슬픈 여자라고."

"그래. 아직 너희가 공식적으로 사귀지는 않았지만 말이야."

메러디스가 말했다.

"어쨌든 사귀어야 한다고 봐. 그렇지 않으면, 우리 불쌍한 리가 잭에게 시도를 해도 되나 안 되나 계속 고민하게 되거든. 안 그래, 리? 리?"

리는 숨 쉬는 법조차 기억할 수 없었다. 말하는 법도 걷는 법도.

"메러디스, 그만해."

세실리아가 특유의 화법으로 부드럽게 말했다.

"너 지금 리에게 상처 주고 있는 거 몰라?"

리는 순간 조던의 눈동자가 자신 쪽을 휙 쳐다보는 것을 느낄 수 있었다. 하지만 그곳에서 조던이 보는 것은 리 한 명만은 아니었다. 리 마음속 한구석에서는 화장실을 도망 나와 고함치고 비명을 지르고 싶은 마음이 있었다. 메러디스는 리를 드라마 '퀸'의 넘버2 정도로 보고 있는 것 같았다. 이 모든 고통을 밖으로 분출하며, 메러디스의 부주의함과 조던의 어두운 눈동자에 더욱 소리 지르고 있었다.

'왜 너지? 너는 시도조차 할 필요 없잖아. 그런 건 나 같은 애가 하는 거라고. 모든 것은 그냥 너한테 가잖아. 그냥 네 발아래에 늘 떨어지잖아. 디즈니 공주에게 수천 개의 선물이 주어지듯 그냥 그런 거잖아. 잭은 너만 바라보고 눈이 멀어 있지. 잭은 나는 쳐다보지도 않는다고.'

리는 단지 이런 생각만으로도 땀범벅에 녹초가 되었다. 이제 메러디스는 리를 넘버2라고 불러야 할 것 같았다. 물론 리는 입 밖으로는 아무 말도 하지 못했지만.

작은 미스 평균은 그런 상황을 결코 만들려고 하지 않을 것이다.

"리, 메러디스가 다른 뜻이 있어서 한 말은 아니야."

세실리아가 친절하게 말했다.

"너 괜찮니?"

"그래."

리가 거의 보통에 가까운 어조로 말했다.

"큰일 아니야. 나 그렇게 잭한테 관심 가지고 있지 않아. 정말 아니야."

"봤지?"

메러디스가 말했다.

"리는 단지 사실을 알 필요가 있었어. 이제 좋아할 다른 누군가를 만나면 되는 거라고. 그렇지? 연못에는 수많은 물고기가 살고 있잖아."

"연못이 아니라, 바다겠지."

세실리아가 말했다.

"그렇지. 바다에 훨씬 더 많이 살겠지."

메러디스가 활짝 웃었다.

조던은 한 마디도 하지 않고, 살짝 그곳을 빠져나갔다. 바로 방금 전에 그랬는데도 리조차 조던이 나가는 것을 보지 못했다. 그곳은 너무 위험했다.

리가 세면대로 걸어가 종이 타월을 뽑아 자신의 이마를 닦았다. 거울 속의 한 여자아이가 비웃듯 자신을 쳐다보고 있었다. 곱슬곱슬한 금발 머리, 따분한 파란 눈동자 , 따가운 햇볕 아래에서 10분 동안 그을린 창백한 피부. 너무나 너무나 평범 그 자체였다.

갑자기 세실리아의 머리가 리의 어깨 위로 튀어 올랐다. 리는 세실리아가 발뒤꿈치를 들고 키를 세웠음을 알았다.

"너 정말 괜찮아?"

세실리아가 물었다. 리는 세실리아가 속으로 뭔가 이상하게 보고 있음을 알 수 있었다. 리가 고개를 끄덕였다.

"그럼, 여전히 오늘 밤 내 공연에 올 수 있는 거지?"

세실리아가 물었다.

"내가 너희 모두에게 표를 주었잖아. 그래도 못 오게 되면, 괜찮아. 하지만 올 수 있으면 7시 15분까지 꼭 와야 해. 늦으면 못 들어올 수도 있어. 공연 중에는 원래 입장이 안 되거든."

리는 무심히 세실리아가 계속 말하도록 내버려 두었다. 확실히 최근 세실리아는 매우 산만했다. 공연 전 그 애의 특징이기도 했다. 스트레스를 극도로 받은 다음, 무대 위에서 최고의 모습을 완벽히 보여 주었다. 재능을 타고난 세실리아는 행운아였다. 지금까지의 스트레스가 오늘 밤 아드레날린으로 변신하여, 온몸에 솟구쳐 올라, 세실리아는 특별한 존재가 될 것이다.

"그래서 만약 네가 7시 16분에 도착한다면, 세상은 폭발할 거야. 거대 지진이 나고 별들은 소멸하고 우리 모두는 진짜 무섭고 처참한 죽음을 맞이하게 되겠지."

거울 속의 메러디스 얼굴이 일그러졌다. 메러디스의 눈은 성나 보였고, 입은 고양이 똥구멍처럼 오그라져 있었다. 리는 메러디스가 그런 모습을 오랫동안 하고 있을 수 있다는 것을 알았다. 미치광이 괴짜, 메러디스. 누가 이 상황에서 리를 웃길 수 있단 말인가? 심지어 그런 말을 듣고, 심지어 눈물을 참아 내고 있는 이 순간에.

리의 친구들은 그렇게, 자기만의 방식이 있었다. 그들은 있는 그대로의 자신으로 구분되어 있었다. 리가 그저, 이것도 저것도, 아무것도 아님에 반해서.

"물론 가야지."

리가 분명한 음성으로 말했다.

"넌 대단할 거야, 세실리아. 언제나 그랬던 것처럼."

수업 종이 울린 뒤에도 리는 남아, 작은 화장실 칸에 들어가 앉았다. 눈물을 닦으려고 화장실 휴지를 손에 쥐었다.

리는 화장실 바닥 틈으로 아디다스 운동화가 왔다 갔다 하는 것을 보았다. 그것은 조던의 것으로, 남들이 학교에서 지정한 신발을 신어야 할 때, 조던은 용케도 그것을 잘 신고 다니고 있었다.

"리, 거기 너니? 나 라커룸에서 너를 기다리고 있었어. 너 괜찮은 거야?"

"응."

리가 대답했다. 하지만 매우 짧고 떨리는 음성이었다.

"나올 수 있겠어?"

"아니."

리는 화장실 옆 칸 문이 열리는 소리를 들었다. 조던의 운동화가 틈으로 보였다.

"너 사실 개 좋아하지? 그렇지? 리, 정말 미안해. 난 몰랐어. 네가 나한테 말한 적이 없어서……."

리가 두 눈을 쥐어짜듯이 감았다. 사실 조던에게 자신의 감정을 말하지 않았던 것은 맞았다. 하지만 조던은 어쨌든 들으려 하지 않았을 것이다. 조던은 그렇게, 그렇게 자신에게만 몰두하는 성격이었다. 그래서 자신만의 세상에 갇혀 리와 현실적인 일들을 우정 어리게 공유하지 않았다.

친구들은 조던이 부모님에 관해 어떻게 느끼는지 함께 대화하는 것을 기대하지 않았을까? 친구들은 자신들이 누구를 좋아하는지 함께 이야기하기를 기대하지 않았을까? 그게 바로 친구니까. 하지만 조던은 가끔 그것을 불가능하게 만들었다.

"그래서 넌 내가 잭을 좋아하는지 몰랐다고?"

리가 말했다. 리는 자신의 목소리에서 비난의 소리를 들을 수 있었다. 조던은 말하지 않아도 알고 있었어야 했다. 세실리아는 그랬다. 메러디스도 그랬고.

"아니, 아마도 넌 알려고 하지 않았을 거야. 네 문제가 아니면 넌 별로 관심 없잖아."

리는 말하고 있는 사이에도 떨고 있음이 느껴졌다. 자신이 심한 말을 하고 있는 것 같았다. 하지만 조던이 알아야 함에도, 모른 체하는 무심함에 진저리가 났다. 이제 조던의 반격을 기다리며, 리의 심장이 쿵 하고 침묵 속으로 떨어졌다.

마침내 조던이 말했다.

"리, 네가 잭을 좋아하는 것을 알고 있었어. 하지만 진지한 것은 아니라고 생각했지. 난 그냥 그건 호감 정도고, 넌 그냥 지나쳐 가려 하고……."

"루카스가 날 좋아하지 않았을 때, 내가 그랬던 것처럼 말이지?"

리는 자신의 목소리에서 비꼼을 들었다. 끔찍했다.

"아니면 레이프가 좋아하지 않았을 때처럼?"

또 한 번의 정적이 흘렀다.

"글쎄, 그랬어. 내 생각에는."

조던의 말이 느리게 흘러나왔다. 조던은 말하기 전 먼저 생각을 하고 있었다.

"리, 너의 많은 것에 참 놀라워."

조던이 말했다.

"넌 참 강해. 그리고 적응도 잘하는 편이고. 난 정말 어떤 것에도 적응을 잘 못하는데. 나는 우리 엄마 아빠가 헤어지려 하는 것에도 어떻게 생각해야 할지 몰랐어. 엄마와 나는 우리가 무엇을 잘못해서, 아빠를 떠나가게 했는지 정말 오랫동안 생각했지. 하지만 난 길을 잃고 어딘가에 갇힌 기분이고, 영영 그곳에 머물러 있을 것같이 느껴져. 하지만 너라면 해결했겠지. 그게 모두가 널 사랑하는 이유 중 하나인 거고.”

리가 손등으로 눈물을 닦았다. 조던이 자신의 일을 이야기하고 있는 것을 듣고 있는 것이 이상했다. 조던을 이해하는 데 좋은 것 같았다. 조던이 자신이 어떻게 느끼고 있는지에 관한 힌트를 주었을 때도 이상한 기분이 들었다. 하지만 조던은 거부당하고 무시당하는 아픔을 알지 못했다. 조던은 리에게 선택의 여지가 없다는 것을 이해하지 못했다.

“난 그렇게 강하지 않아. 아팠어.”

리가 말했다.

“난 그저 받아들여야 했고, 적응해야 했을 뿐이야.”

“나한테 좀 가르쳐 줄래?”

리가 천장을 바라보았다. 그리고 눈을 깜박이며 눈물을 참았다.

“리, 내가 잭을 좋아하지 않을 거야. 알았어? 그냥 내가 그렇지 않을 거라고.”

리는 마음이 풀리는 느낌이 들었다.

조던은 자신의 친구였다. 리는 조던의 제안이 순수하다는 것을 알 수 있었다. 그러나 조던은 잭이 떠나가면 무엇이 일

어날지 알지 못했다. 아무리 조던이라도 그것은 감당하기
어려울 것이다.

"조던, 걔는 너를 좋아해. 너는 그것에 대해 어떤 것도 할
수 없어. 나 또한 그것에 대해 어떤 것도 할 수 없고."

조던의 운동화가 움직였다. 그리고 조던의 머리가 틈 사이
로 나타났다. 콘크리트 바닥에 머리가 버려진 것 같았다. 틀
림없이 불편해 보였다. 조던이 많이 노력하고 있었다. 장난
스런 웃음과 친숙한 조던의 얼굴이 뒤집어져 보였다.

"혹시 우리 둘이 잭을 공유할 수 있을까? 알다시피 우리
부모님이 나를 공유하는 것처럼 말이야. 넌 수요일마다 격
주로 잭을 가질 수 있지."

리가 머리를 흔들었다. 그리고 마지막 눈물을 닦아 냈다.
리의 입가에 웃음이 번졌다. 아주 작고 조그만 웃음이었다.
하지만 적어도 그것은 진짜 웃음이었다.


리는 수제 종이를 사용하는 것을 매우 좋아했다. 울퉁불퉁
아무렇게나 뭉쳐진 듯 거친 조직이 맘에 들었다. 부엌 식탁
이 풀과 제도용 펜으로 온통 어지럽혀 있었다. 리가 만든 카
드 세 개는 작았다. 각각의 카드는 다른 사진들로 꾸며져 있

었다.

첫 번째 카드에는 회색 연필로 발레리나 그림이 그려져 있었다. 리는 자신의 작품을 보고 작게 웃었다. 리는 얇은 사인펜을 들고 '우아함'이라고 썼다.

두 번째 카드에는 앞코 부분이 살짝 닳은 토슈즈 한 켤레 가 그려져 있었다. 핑크 광택 천의 리본 가장자리가 해져 있었다. 신발이 그동안 얼마나 연습을 열심히 했는지를 말해 주었다. 리가 은색 얇은 사인펜을 선택하고, 이번에는 '재능' 이라고 썼다.

세 번째 카드는 더 세밀했다. 리는 꽃다발을 완성하고자 반짝이와 여러 색깔을 이용했다. 데이지, 장미, 튤립 꽃다발 이었다. 시간이 한참 걸렸다. 다른 카드에서는 없었던 세심 한 주의가 필요했다. 이제 거의 다 완성되자 생각이 맴돌기 시작했다. 생각들은 뇌 바깥에 차단되어 있었으나 다시 노크를 하고 있었다. 안으로 들어와 평화를 박살 내 버릴 기세였다. 작고 날카로운 생각이 문 틈바구니로 살금 들어와 리의 불안한 마음에 다시 상기되었다. 왜 잭은 자신을 좋아하지 않는지, 얼마나 자신은 특별할 것 없는 평범한 아이인지……

리가 세 번째 카드를 열었다. 천천히 그리고 조심스럽게 글자를 적었다. 밀려오던 생각들이 한 발짝 뒤로 물러섰다. 생각들은 질서 정연하게 줄을 서서, 최대한 서로 가깝게 마주했다. 왜냐하면 바로 지금, 평화가 존재했기 때문이었다. 그리고 '세실리아'라고 썼다.

물튼 선생님이 옛날 시를 낭독했을 때, 리는 하품을 억눌렀다.

어젯밤은 늦었다. 세실리아는 그 어느 때보다도 놀라웠다. 마치 날듯이 높이 뛰어오르며 무대를 종횡무진 활보했다. 댄스 공연의 규칙을 따르려고, 훨훨 날아가 버리지 않고 겨우 땅 가까이 머물러 주는 것처럼 보일 정도로 대단했다. 리는 넋을 읽고 반해 버렸다. 어떤 것에 대하여 그렇게 대단하게 되는 것을 상상하며……

리는 카드 한 장을 조던에게, 그리고 또 한 장을 메러디스에게 주었다.

공연이 끝나면, 친구들은 모두 세실리아에게 찬사의 메시지를 주었다. 세실리아가 메시지 하나하나의 의미를 되새기며, 놀라고 기뻐하는 것을 보는 것 또한 큰 즐거움이었다.

순간, 리는 세실리아가 곧 올 것 같다고 생각했다. 어둠 하나가 세실리아의 섬세한 얼굴에 마치 먹구름처럼 다가왔다. 그리고 자신은 그런 찬사를 받을 자격이 없다는 듯 고개를 흔들었다. 매우 세실리아답다는 건, 항상 자신에게 혹독하다는 것. 완벽도 그리 충분치 못했다. 세실리아에게는.

하지만 메러디스가 세실리아의 공연을 완전히, 완벽히 우아함을 배재한 투박한 버전으로 장난스레 흉내 내기 시작하자, 커다란 웃음이 터져 나왔다. 메러디스는 모두를 배꼽 잡게 만들었다.

공연 뒤 세실리아가 피자 집에 오지 않은 것은 이상했다. 실로 들뜬 얼굴로 너무 피곤하다고 말하는 것은 이상하기 그지없었다. 메러디스가 압력을 가하려 하자, 세실리아는 숙제 때문에 아침 일찍 일어나야 한다는 변명을 해 댔다. 그건 정말 세실리아스럽지 않았다. 세실리아는 보통 누구보다 앞장서는 스타일이었다.

사실, 리가 생각해 보니, 세실리아는 요즘 한동안 함께 어울려 다니지 않았던 것 같다. 공연에 너무 크게 신경을 썼던 것 같다. 하지만 이제 더 이상 걱정할 필요가 없다.

세실리아는 학교와 춤으로 매우 바빴다. 그리고 어젯밤,

마침표를 찍으며, 틀림없이 피곤했을 것이다. 그리고 분명 피자 집으로 와서 새로운 활력을 찾을 수 없었을 것이다. 세실리아는 자신만의 시간을 찾으려 했을 것이다. 최소한 어젯밤 세실리아는 최고였으니까.

"자, 여러분."

물튼 선생님이 소리를 높였다. 선생님의 목소리가 리를 영어 수업에 복귀시켰다.

"우리는 그동안 역사상 가장 위대한 시들 중 몇 편과 함께 해 왔다. 이제, 여러분이 스스로 자신의 시를 어떻게 쓸 수 있는지 보도록 하자."

교실 여기저기에서 신음과 한숨이 튀어나왔다. 그러나 물튼 선생님은 꿈쩍도 하지 않았다. 선생님은 배우처럼 손을 흔들며 교실을 두리번거렸다. 리는 선생님을 쳐다보지 않을 수 없었다. 선생님은 시디플레이어의 전원을 켜고, 말할 때 분위기를 살릴 배경음악으로 적당한 악기 연주를 잔잔히 틀어 놓았다.

"그래, 시를 써 보도록 하자. 나 자신에 대한 것일 수도 있고, 나에게 특별한 사람에 대한 것일 수도 있겠지. 우리 자신에 대해 진실로 어떻게 느끼는지 또는 다른 누군가가 어떻게 나에게 느껴지는지를 쓰도록. 너희의 가죽을 벗고, 진짜 뛰는 심장을 보여 주도록!"

선생님이 분필을 칠판에 때리며 글자를 휘갈겨 썼다. 마치 음악에 맞추어 선생님의 손끝에서 글자가 흘러나오는 것 같았다.

리가 눈을 가늘게 뜨고 칠판을 보았다. 왜 자신의 뛰는 심장을 시 안에서 나타내려 하는 것일까? 이미 자신의 심장은 모든 이가 보도록 밖으로 드러나 버렸지 않은가. 리가 필요한 것은 자신의 내면 깊숙한 곳에 뛰는 심장을 숨기는 법이었지, 글로 옮기는 것이 아니었다. 어쨌든 사실상, 적당히 할 수 있는 것도 아니었다. 그렇다고 리가 잘할 수 있는 것도 아니었다.

리가 주변을 둘러보았다. 모두 열심히 쓰고 있었다. 세실리아는 팔로 종이를 가리고 있었다. 그리고 머리를 책상에 푹 숙여 완전 열중하고 있음을 보여 주고 있었다. 아마도 또 멋진 무언가를 쓰고 있을 것 같았다.

리는 빈 공간에 나비 하나를 스케치하고, 날개에 점무늬를 그려 넣었다. 마치 종이 아래로 날아가듯, 날개를 접었다 편 모습을 연출하며…….

주변을 둘러보니 딜런의 기타 연주 흉내가 리의 눈에 들어왔다. 그러다 바이올린 파트로 넘어가니 고개를 뒤로 젖히며 눈을 감았다. 그리고 그 옆에 앉은 샘은 무언가를 쓰다 말다를 반복하고 있었다.

샘 뒤로, 리는 새로 전학 온 여자아이가, 언제나 그 자리에, 이번에도 혼자 앉아 있는 것을 보았다. 어쩌면 항상 그렇게 진지해 보일 수 있는지 놀라웠다. 그 아이에게는 뭔가 특별한 것이 흘러나오는 것 같았다. 그 애의 펜이 재빠르게 왼쪽에서 오른쪽으로, 왼쪽에서 오른쪽으로 다섯 번 정도 움직이더니 멈췄다.

리는 그 아이를 계속 쳐다보았다. 그 아이의 펜이 그대로 종위 위에 멈춰 있었다. 그리고 머리는 허공에 떠도는 생각을 잡는 듯, 살짝 위로 향해 있었다.

리는 그와 같이 하면 어떤 느낌이 드는지 궁금했다. 번뜩이는 생각이 머리에 들어가 펜으로 전달되는 것이 어떤 것인지 궁금했다.

그 여자아이의 머리가 움직이더니, 리가 쳐다보고 있는 것을 보게 됐다. 리가 그 아이를 보고 웃음 지으며, 당황스러워했다. 하지만 그 애는 그 웃음을 알아차리지 못한 것 같았다. 그 아이는 주변에 보이지 않는 장벽 같은 것을 치고 있는 듯했다. 아마도 그것이 평범함을 차단시키는 것일까?

곧, 그 여자아이의 펜이 다시 움직였다. 리의 공책은 여전히 비어 있었다. 가장자리의 나비만 제외하고는……

"자, 모두 펜을 내려놓아라."

물튼 선생님이 음악을 껐다.

"누구, 자신의 시를 반 친구들에게 소개할 사람?"

선생님은 지원자를 기다렸다. 리는 혹시 선생님이 자신을 지목할까 봐 고개를 푹 숙였다.

리는 곁눈으로 그 새로 전학 온 여자아이가 망설이듯 손을 올리는 모습을 보았다. 그때 물튼 선생님은 다른 쪽을 보느라 그 모습을 보지 못했다. 하지만 다시 그 아이 쪽으로 시선을 가져가자, 그 애는 도로 손을 내렸다. 갑자기 마음을 바꾼 것이 틀림없었다.

나비 날개의 무늬는, 그것이 접었다 폈다 했을 때 어떻게 각도가 변하는지를 고려하여, 절묘하게 잘 그려졌다. 점무늬가 원과 반원으로 교차되었다.

마침내 세실리아가 손을 들었다. 그것은 세실리아에게는 이례적인 행동이었다. 세실리아는 힘차 보였지만, 한편 수

줍어 보이기도 했다. 교실 앞에서부터 세실리아의 목소리가
부드러운 선율로 펴져 나갔다.


　그 푸른 눈동자로부터 온 친절함이여,
　우연처럼 그녀는 지나친다.
　그녀의 아름다움, 하지만 그곳에 머무네.
　있는 그대로 보여 주기 위함이 아닐지니.


　리는 그림 그리기를 멈췄다. 단지 귀로만이 아닌, 온몸으
로 경청했다. 리가 그린 나비가 반쯤 날개를 펴다 얼어붙었
다. 리가 공책에서 고개를 들었다. 눈이 세실리아에게 고정
되었다. 교실의 모든 눈들이 앞에 서 있는 세실리아와 앉아
있는 리 사이를 번갈아 움직였다.
　진짜 그랬을까? 정말 세실리아가 리의 특별함에 관해 시
를 쓴 것일까? 아무 이름도 언급되지 않았다. 그것은 그냥
리와 같은 상황과 비슷한, 다른 누군가일 수도 있다. 리는
특별하지 않았다. 그렇잖은가?


　그녀는 바람 없이 준다.

그래서 갚아야 할 것이 없다.
그것이 있는 그대로의 그녀.
그것이 나를 기쁘게 만든다.


순간의 침묵이 흘렀다.
"아름다운 시야, 세실리아."
물튼 선생님이 말했다.
"너의 아름다운 친구가 잘 표현되었다."
선생님이 리를 똑바로 쳐다보았다. 리라는 것을 알고 있다
는 듯.
갑자기 모두가 박수를 쳤다.
"잘했어, 세실리아."
조던이 말했다. 그리고 리를 부드럽게 쳐다보았다.
"저 시는 꼭 너다!"
메러디스도 리의 허벅다리를 장난스레 꼬집으며 말했다.
그것은 전혀 아프지 않으면서, 리의 정신을 깨우는 데 도움
을 주었다.
"또 발표할 다른 사람 있나?"
물튼 선생님이 물어보았다. 아무런 반응이 없었다.

"없나? 다음에 이어서 하기가 어려울 것 같기는 하다. 그럼 이번에는 자신의 이름을 쓰지 않고, 너희가 쓴 작품을 제출하도록. 익명의 뛰는 심장을 보도록 하겠다."

리가 자기 자리로 돌아오는 세실리아를 향해 윙크를 했다. 물튼 선생님이 시를 걷기 시작했다. 선생님이 리가 그린 나비 그림을 보고 미소 지었다. 그 미소가 괜찮다고 말해 주고 있었다. 그림으로 표현한 시도. 아마도?

리가 깊이 숨을 들이마셨다. 온몸이 깊은 숨으로 달라지는 것처럼 느껴졌다. 마치 더 커다란 생각들로 채울 공간이 내면에 만들어지는 것 같았다. 그리고 이것은 파도처럼 교실 공간에 넘쳐흘렀다.

세실리아가 리 자신도 존재하는 줄 몰랐던 일부분을 드러내었다. 세실리아는 자기가 본 리의 모습을 표현했다. 그리고 반 친구들은 모두 말하지 않아도 그것이 리에 관한 것인줄 알았다. 더 놀라운 것은 그것이 리의 건망증도, 소탈함도, 평범함에 관한 것도 아니었다는 것이다. 그것은 리만의 친절함과 아름다움에 관한 것이었다. 그것은 조던이 화장실에서 했던 말처럼 사랑스러운 것이었다.

리는 조던처럼 화려하지도, 메러디스처럼 재미있지도, 세실리아처럼 재능이 있지도 않다. 하지만 어쩌면 그런 것이 꼭 중요한 것은 아니지 않은가? 어쩌면 단지 리다운 것만으로도 충분할 것 같았다.

아이러니하게도, 커지면서 크게 보이지 않는다. 나는 그림자들 사이로 몸을 밀어 넣는다. 그곳에는 비가 멈춘 뒤에도 오래도록, 구내식당의 기울어진 지붕을 타고 퀴퀴한 빗방울들이 물을 튀기고 있다. 나는 그 빗방울들이 먼지 조각들을 품고 얼굴에 진눈깨비 파편을 일으키는 것에 신경 쓰지 않는다. 여기서는 아이들이 어떻게 끼리끼리 어울려 노는지를 한눈에 볼 수 있다.

나무 주위를 빙 둘러서 최신 컴퓨터 사양에 대해 열띠게 이야기하는 컴퓨터 괴짜들. 공 잡고 뛰는 것으로 인생을 채우는 스포츠 광들. 그들은 공과 다리와 팔로 대화를 나눈다.

나는 예리한 관찰자처럼 머리를 움직이지 않고 주변 시야로 눈의 초점을 맞출 수 있다. 그리고 어느 누구도 눈치채지 못할 정도로 여기서 몸을 아주 살짝만 돌리면, 그 그룹들 사이의 미세한 상호작용을 파악할 수 있다. 마치 캐스팅 에이전트처럼 나는 나의 눈을 사용하여 그들 각각에 대한 마음

속의 스냅 사진을 찍을 수 있다.

"저 반짝이는 그룹은 샴푸나 에너지 초코바 광고에 이상적임."

그룹들은 이미 내가 알고 있으니, 그들에 대한 꼬리표는 쉽게 붙여 놓아도 된다. 나는 눈으로 관찰하고 귀로 듣는다. 그럼에도 나는 스스로 집중하도록 상기시킨다. 그리고 어떤 한 사람에서 다른 사람으로 빠르게 시선을 돌리는 것이 필요하다. 매우 많은 변수와 끼어듦이 있기 때문이다. 그들은 공개적으로 살고 있다. 그늘에서 숨어 살지 않는다.

나는 조심스러워야 한다. 유혹적으로 나의 주변 시야가 조던에게 도달하여 멈추었다. 화려한 외모, 노력하지 않아도 되는 재능. 조던은 하얀 기둥에 기대었고, 그것은 그 애에게 딱 어울리는 배경이 되었다. 조던은 무심함의 예술을 완벽하게 소화해 냈고 그것이 곧 조던이 되었다.

그것은 잔인하다. 어떻게 그렇게 이루어질 수 있단 말인가. 그녀에게는.

나는 나의 눈을 조던으로부터 떼어 내어야 한다. 그것은 나에게는 밴드를 제거하는 것과 똑같은 방식이다. 재빠르게. 대신 상처가 밴드에 붙어 있다고 생각하고, 처음에는 천천히 당겨야 한다.

조던과 리 사이에 경쟁이 있다. 나는 그들의 몸의 움직임을 통해 알 수 있다. 나는 멍청하지 않다. 단지 뚱뚱할 뿐이다. 나는 무엇이 일어나고 있는지를 안다. 그것은 소리는 소거된 채 상영되는 단편영화와 같다. 그리고 나는 리를 응원하고 있는 나 자신을 발견한다. 약자를 향한 마음이다.

하지만 건강하게 빛나는 흔한 옆집 소녀, 리는 따뜻한 아이였다. 리는 내가 있다는 것을 거의 알고 있다. 심지어 영어 시간에 나를 향해 웃어 보이기도 했다. 그것은 하나의 충격이었고, 내가 응시해 왔다고 생각했던 순간들을 무섭게 만들었다. 나는 그 애가 눈치채지 못하도록 재빨리 시선을 피했던 것 같다.

그들의 상은 잭이었다. 물론 피터지게 싸워 쟁취한 소녀에게 전혀 실망스럽지 않을 상이다. 잭은 트로피의 모델이 되어도 손색이 없을 정도로 훌륭하다. 그는 금빛의 길게 뻗은 팔과 근육질을 갖추었다. 잭은 벽난로 위에 올려놓아도 된다. 남자답고, 탄탄하고, 열정의 심벌, 잭.

리는 이길 수 없다. 나는 그것을 이미 알고 있다. 나는 그 애의 코치가 되어, 조금 후퇴하라고 충고해 주고 싶다. 그만 눈을 깜박이고, 너의 감정을 아무 데나 흘리는 것을 그만해라. 물론 그건 판타지다. 잭과 너는 결코 이루어질 수 없다. 그건 너의 머릿속에서만 가능한 일이다.

하지만 나는 내가 이런 충고를 리에게 주지 않을 거란 걸 알고 있다.

나는 그 그룹 주변을 돌아보기 위해 트위스티 통으로 시선을 옮겼다. 나의 눈이 손에서 트위스티 통으로 이어지는 순간들을 잡게 하였다. 세실리아가 세 개를 잡았다. 얌전과 우아 따위 없이. 세실리아가 그 그룹에서 떨어져 나갔다. 나는 세실리아의 입가로 트위스티가 미끄러져 들어가는 것을 보았다. 교묘하게 속이는 마법사의 속임수가 있었으나, 가까이에서 본다면 알아차릴 수 있었다. 세실리아가 트위스티를 손에 든 다음, 손을 밑으로 떨어뜨려 다리 사이에 얼른 끼우는 것을 보았다.

그리고 나의 눈은 메러디스에게로 갔다. 남에게 보여 주는 것을 좋아하는 아이로, 메러디스는 보여 주기 위한 뭔가를 찾아 다녔다. 모든 화면을 밝히는 쾌활한 미소. 목 뒤 부분에서부터 울려 퍼지는 웃음을 뿜으며, 남이 씹고 있는 트위스티를 뺏으려 한다. 오버가 심하고 터치도 너무 심하다. 하지만 모두 웃는다.

리가 자신의 코를 비튼다. 메러디스가 더러워 못 참겠다는 시늉을 한다. 하지만 가볍게 바람만 잡는 것이다. 리의 몸은 변함없이 잭과 조던을 향해 꽂혀 있다.

조던이 몇 개의 트위스티를 집으려 한다. 리가 몸을 돌려 잭에게 몇 개를 권하려 하지만, 잭은 거의 알아차리지 못한다. 잭의 눈은 조던에게 고정되어 있다. 그의 눈동자는 조던으로 꽉 차 있다.

나는 리가 패배를 받아들이며 뒤로 물러섰을 때, 리를 좇아 바라본다.

조던은 세상이 바라보는 아이다.

메러디스는 그들을 앞에 두고 살짝 물러선다. 그녀가 캐스팅 에이전트로서 나의 콜을 받았을지라도, 더 많은 관찰을 통해 두 번째 오디션을 기대해 본다. 그리고 지금 마저 남은 밴드를 떼어 내기 위해, 다른 어디에 초점을 맞출 수 없기 때문이기도 하다. 메러디스가 샘에게 뭔가를 말하고 있다. 전형적인 십대. 완벽한 보조 역할. 메러디스가 깔깔거리며 웃고 있다. 그 애는 항상 웃고 있었다.

메러디스가 슬프다는 것은 나를 의아하게 만든다.

그 애가 말한 어떤 것이 샘을 때렸다. 샘의 뺨이 벌겋게 달아올랐다. 나는 뭐라 했는지 듣고 싶었지만, 들릴 만한 거리로 움직이는 것은 위험했다.

나는 점심으로 샐러드 롤을 먹는다. 너무 배가 고파서, 한 입 크게 물고 싶지만 조심했다. 성장한 여자애가 그렇게 먹으면 원치 않은 시선을 끌기 쉽다. 여전히 나는 위험부담을 지고 있다. 나는 갑작스럽게 움직이지 않고, 천천히 움직이려 애쓴다. 롤을 들어 올려 입으로 향한다.

말도 안 되는 위험이다. 나는 롤을 그냥 입에 넣었다. 나를 쳐다보는 눈이 있었다. 실제로 그것이 나를 쳐다보는 것이 아닐지라도 나는 방향을 틀어야 한다.

관찰 시간이 끝났다.

나는 학교 신발을 내려다본다. 거대한 배 같았다. 그것이 나를 구내식당의 옥외 통로로 흘러가도록 한다. 홀로.

# 샘

　부슬비가 내리고 있었다. 샘의 기준에서는 게임을 멈출 정도는 아니었지만 어쨌든 다른 모두는 구내식당 지붕 아래에서 서성이며 기다리고 있었다.

　잭이 눈알을 굴리며 조던을 찾았다. 웬일인지 잭이 이번에는 농구 게임이 많이 급한 것 같지 않았다. 그들이 친구로 지내온 모든 세월 동안, 샘은 잭이 누군가에게 이토록 집착하는 것을 본 적이 없다. 심지어 잭이 타일라와 사귈 때에도 이렇게 행동하지는 않았다.

　그러나 그것은 단지 있는 그대로의 모습이었다. 조던은 샘의 짝꿍을 변화시키고 있었고, 샘은 그대로 따라가야 할 것이었다.

　여자애들은 쥐꼬리만 한 트위스티 통 하나를 먹는 데 시간을 질질 늘리며 오랜 시간을 끌었다. 잭 또한 소시지를 먹고 있었는데, 또한 오랜 시간을 끌었다.

샘이 손바닥을 위로 하고 손을 올렸다.

"이봐, 얼마나 오래 이러고 있을 거야?"

"이봐, 얼마나 오래 이러고 있을 거야?"

메러디스가 샘의 말을 따라 하며, 샘의 뻗친 손 아래로 몸을 숨겼다.

메러디스는 샘의 톤을 정확하게 흉내 냈는데, 갈라진 음성에 '오래' 부분에서 강조하는 것까지 그대로였다. 샘은 메러디스가 얼마나 가까이 자신의 몸에 다가왔는지 느낄 수 있었다. 메러디스의 등이 샘의 위장에 닿는 느낌이었다. 샘의 회색 울 점퍼가 메러디스의 체크무늬 치마를 쓸면서 스쳐 갔다.

"저리 꺼져, 메러디스."

샘이 약하게 말했다.

"저리 꺼져, 메러디스."

메러디스가 크게 웃으며, 잽싸게 돌아섰다. 메러디스는 정말 말썽쟁이에 매우 시끄러웠다. 늘 샘이 결코 대꾸할 필요도 없는 것에 너무 말이 많았다.

해가 구름 사이로 나왔다. 메러디스가 샘을 바라보는 방식에는 별난 구석이 많았다. 샘은 마치 산 채로 꿈틀거리며 핀에 꽂혀 있는 벌레가 된 것같이 느껴졌다.

"세상에! 너 똥구멍 털이 났잖아, 샘, 네 입술 위에!"

'홍조는 스트레스에 대한 몸의 반응이다. 스트레스는 정맥을 통해 뿜어 나온 피를 피부 주변으로 보내, 붉어질 준비를 한다. 그것은 맞서 싸우거나 본능을 거스르려는 반응이다.'

샘이 자신의 피가 동맥에서 솟구쳐 자신의 목과 얼굴로 달아오름을 느끼는 순간, 마구잡이 정보들이 샘의 머리에서 굴러다녔다.

샘은 패거리들 사이의 일반적인 장난인 것으로 표현했다. 하지만 샘은 자신을 어디에 두어야 할지, 어디를 봐야 할지 몰랐다. 세실리아가 그런 샘에 대해 난처한 표정을 지었는데, 그것이 왠지 샘을 더 힘들게 만들었다.

메러디스, 시속 3600킬로미터의 블랙버드 비행기만큼 빠른 수다를 자랑하는 아이. 메러디스는 늘 마치 수다 대회라도 출전하는 것 같았다. 보통 때에는 그런 점 때문에 샘이 가장 편하게 느끼는 여자 친구가 메러디스이기도 했다. 메러디스는 샘이 머릿속 생각을 말로 나타내기를 잘 못한다는 것을 결코 눈치채지 못했다. 리가 질문했을 때 샘은 정확한 말을 찾기가 힘들었다. 조던이 무시의 표정을 짓거나 세실리아가 한창 대화가 무르익어 갈 때 말문이 막히는 것을 봐 줄 때도 그랬다.

메러디스는 그 틈을 스스로 채웠다. 메러디스는 샘을 자신의 말 속에 포함시킨 채, 그저 여기서는 한 몸짓만, 저기서는 한 마디만 요구했다. 메러디스가 주변에 있을 때면, 때때로 샘은 심지어 조금은 멋지게까지 느껴지곤 했다. 잭만 멋진 것이 아니라, 그런 것은 샘 같은 남자애들에게는 결코 일어나지 않을 것이었지만 충분히 멋져 보였다. 그런 다음 이와 같은 급반전이 있기는 하지만……. 이럴 때 샘은 어찌해야 한단 말인가?

본능적으로 샘은 자신의 기본 스타일로 움직이기 시작했다. 샘은 이것이 싸우고 싶은 본능의 변이라는 것을 알고 있었다. 샘이 자신의 무릎으로 메러디스의 무릎을 꺾은 다음, 메러디스의 몸을 돌려 헤드록을 걸었다. 메러디스의 등이 샘의 가슴에 닿은 채로 군중 사이를 헤맬 때, 메러디스는 안간힘을 썼다.

세실리아가 그들을 피하려고 뒤로 점프하는 걸 보고 샘이 미안하다고 웅얼거리며 사과했다. 세실리아는 너무 마르고 작아서 무서웠을 것이다. 만일 조심하지 않으면, 반은 부서지고 말 것만 같았다.

그 둘이 잭과 부딪쳤다. 그것은 상관없었다. 잭이라면 그쯤은 거뜬히 막을 수 있기 때문이다.

"기분 나빠 하지 마, 샘."

메러디스가 킥킥 웃었다.

"나 이제 알았다고, 됐지?"

메러디스는 여자애치고는 꽤 강했다. 샘의 피부가 붉으락푸르락해졌다. 마치 샘의 마음처럼.

메러디스는 사람들 앞에서 그렇게 말하지 말았어야 했다.

메러디스도 알게 됐다.


샘이 면도 거품 크림을 짰다.

"압력을 가해 공기 중으로 나오면, 탄화수소가 크림을 거품으로 크게 팽창시킵니다."

샘이 면도 거품 크림을 윗입술 위로 펴 발랐다. 욕실 문이 잘 닫혀 있는지 단단히 확인도 했다.

메러디스의 말이 하루 종일 그림자처럼 따라다니더니, 심지어 샘의 밤까지 침투해서 괴롭혀 댔다. 농구장에서 샘이 공을 패스하거나 던질 때에도, 수학 방정식 시간에도 메러디스의 말은 숫자 사이사이에 스며들었다.

X= 우쭐거림.

Y= 창피함.

괄호는 방정식의 어느 부분을 먼저 풀어야 하는지를 말해준다. 그런데 괄호는 어디에 두어야 한단 말인가?

실제 방정식을 푸는 것보다도 훨씬 어려웠다. 왜냐하면 거기에는 창피함이 있었지만, 그 밖에 알 수 없는 다른 것들도 섞여 있었기 때문이다.

농구 경기를 하거나 수학 문제를 푸는 순간에도 샘을 몸서리치게 하는 수치심 안에는 일종의 공포 같은 것이 있었다. 메러디스가 한 말에 대한 기억은 어느 공포 영화 속의 좀비처럼 샘에게 튀어나왔다. 그리고 계속하여 나타나고 또 나타났다.

샘은 아무도 욕실 문을 노크하지 않는 게 놀라웠다. 누나의 빨리 나오라는 재촉도 없었다. 엄마의 식사 시간을 알리는 외침도 없었다. 그런데 더 혼란스러운 것은 그것에 약간 실망하는 자신의 모습이었다.

샘의 첫 번째 면도는 이렇게 아무도 모르게 행해지는 것 같았다. 마치 모두가 샘의 생일을 잊고 지나쳐 가는 것 같은 느낌이었다 .

샘이 거품을 정돈하고 코를 위로 올리고 코 밑 인중을 아래로 당겼다. 손이 약간 떨렸다.

"천천히 그리고 침착하게."

샘이 자신에게 말했다.

"이건 시합이 아니라고."

샘의 아빠는 아침마다 면도를 했다. 이제 곧 샘도 그렇게 될 것이라 생각하니 매우 이상했다. 한번, 샘의 아빠가 턱수염을 기른 적이 있었다. 엄마는 그것을 싫어했다. 아빠가 원시인 같아 보인다고 했다. 엄마는 99퍼센트 여자들은 다 얼굴에 난 털을 혐오한다고 확신했다.

샘은 메러디스도 턱수염을 싫어하는지 궁금했다.

샘이 작은 수직의 움직임으로 면도날을 살살 움직였다. 샘은 이만큼 자라기 위해 그만큼의 시간을 보낸 것을 이렇게 순식간에 사라지게 한다는 것이 매우 이상했다.

샘이 남은 거품과 짧게 깎인 털을 물과 함께 수채 구멍으로 내려 보냈다. 거품이 시계 반대 방향으로 소용돌이쳤다.

과연 지구 반대편에서는 시계 방향으로 소용돌이친다는 것이 사실일까?

그리고 엄마는 옳으니까 엄마의 말도 맞는 것일까? 정말 99퍼센트 여자들이 얼굴에 난 털을 싫어하는 것일까? 샘은 여자들의 생각을 도저히 알 수가 없었다. 얼굴에 난 털에 대해서도. 자기 자신에 대해서도.

샘은 허리에 타월을 두르고 자신의 방에 돌아와 노트북 스위치를 켰다. 브로드밴드(고속 인터넷 통신망-옮긴이)로 구글에 접속하고, 괜찮은 답을 얻을 수 있을지 믿을 수는 없지만, 샘은 검색창에 질문을 썼다.

"누군가를 좋아하는지를 어떻게 알 수 있나요?"

만일 자신이 메러디스를 좋아하지 않는다면, 그 수치심 속에 내포된 공포는 어디로부터 오는 것이란 말인가? 하지만 그렇다 해도 그것만으로 확신할 수 있을까?

샘은 혹시 자신이 잭을 살짝 모방하고 있는 것은 아닌지 궁금했다. 잭이 조던을 친구 이상으로 좋아한다는 것은 아주 쉬운 문제였다. 하지만 샘은 잭에게 어떻게 그것을 알 수 있는지 정확히 물어볼 수가 없었다. 잭이 무언가를 해결해야 한다고 생각될 때, 너무나 놀랍게도 그 모든 것들이 자연스럽게 풀렸다. 잭은 그런 선택받은 사람들 중에 하나였다.

놀랄 만큼 많은 검색 결과가 나왔다. 적어도 샘 이전에 슬픈 속 빈 강정들이 많이 있었다는 것을 의미했다.

샘이 한 사이트를 더블클릭했다. 이름이 '완벽한 짝짓기'였다. 하트와 화살들로 장식된 구불구불한 멋내기 서체로 쓰여 있었다. 조금 허술해 보였지만, 사랑의 증후들에 대한 종합적인 목록을 제공하고 있는 것 같았다. 마치 누군가를 좋아하는 것은 어떤 질병에 걸린 것 같다는 식으로.


"독감은 기침 또는 과도한 가래의 생성으로 나타날 수 있다."와 같이 누군가를 좋아한다는 것도 그 자체의 증상들을 가질 수 있는 것이다.

그 또는 그녀가 그 사람일까요?

74퍼센트가 그 사람 앞에서는 행동이 어눌해지거나 혀가 꼬인다.


샘은 즉각적으로 그 74퍼센트에 자신을 포함시켰다. 하지만 이내 좀 더 생각해 보니 자신은 다른 많은 상황에서도 혀가 꼬였다. 이것을 메러디스와 말할 때에만 국한시킬 수는

없었다. 사실상, 다른 여자애들과 있을 때 더 심한 경우가
종종 있었다. 세실리아 앞에서는 아예 말을 못하기도 했지
만, 그것이 세실리아를 그만큼 좋아한다는 뜻은 아니었다.
샘이 다른 항목으로 움직였다.

68퍼센트가 그 사람을 지속적으로 생각한다.

흐으음. 무엇이 지속적인 것일까? 하루에 몇 번이란 말인
가? 매초마다? 메러디스는 갑자기 머릿속에 뛰어 들어오는
것 같았다. 꽤 자주였지만, 사실상, 지속적으로는 아닌 것 같
았다. 정말 이 사이트는 확실하지 않은 것 같았다. 샘이 화
면을 밑으로 내렸다.

84퍼센트가 다른 사람보다 그 사람에게 10초가량 더 시선이
머문다.

샘이 한숨을 내쉬었다. 모든 것이 마치 풀리기를 기다리
는 거대한 수수께끼 같았다. 샘이 계속 화면을 밑으로 내리
기 위해 마우스를 쥐었다. 그때 컴퓨터가 얼어붙었다. 별다
른 이유 없이 가끔 있는 일이었지만, 지금은 특별히 좋은 때

가 아니었다. 샘의 누나, 로렌이 샘의 방으로 쿵쿵 다가오는 소리가 났다.

"새애앰!"

가까이 다가오며 큰 소리로 불렀다.

"엄마가 월요일에 잭이 저녁 먹으러 오는지 알고 싶대. 슈퍼 가서 양다리 한 짝만 사와야 되는지, 아니면 통째로 사와야 하는지 정해야 된다고."

갑자기 로렌이 방문을 열었다. 노란 원피스를 입고 히죽거렸다.

"그리고 너더러 욕실 청소하래. 아빠 면도칼과 어지러진 것들 치우래."

샘이 노트북 뚜껑을 덮어 버렸다. 먼저 로그오프를 해야 되는 것을 잘 알고 있지만, 이것은 긴급 상황이었다.

"그러니까 네가 그런 거지, 마침내?"

로렌이 말했다. 그리고 코를 쿵쿵거리며 방 안 냄새를 맡더니, 손가락으로 코를 감아쥐었다.

"방에서 무슨 고약한 냄새야?"

"그럼, 어디 한번 해보시지!"

샘이 팔짱을 끼고 싸울 태세를 갖추며 맞섰다. 하지만 로렌이 더 용감한 전사처럼 당당하게 들어왔다.

"한번 보자."

로렌이 명령하듯 말했다.

로렌이 샘의 입술 위를 살펴볼 때 샘은 눈알을 굴리며 천장 위를 쳐다보았다. 천장 구석에 거미줄이 쳐 있었다.

"나쁘지 않네. 위쪽에 약간 벤 상처가 있지만."

로렌이 말했다.

로렌이 샘의 정돈되지 않은 침대에 걸터앉아, 어느 멍청한 미국 시트콤에서나 빌려 온 듯한 다 큰 누나의 표정을 얼굴에 지어 보였다. 이마에 온통 굵은 주름과 약간 놀란 듯한 입매를 하고 있었다.

"그런데 왜 그랬어? 누군가에게 강한 인상을 주고 싶은 거야?"

샘이 어깨를 으쓱했다. 누나가 노트북 뚜껑을 덮기 전에 컴퓨터 화면을 살짝 본 것은 아닌지 궁금했다. 하지만 그럴 수가 없었다. 그런데 도대체 저 질문은 어디서 나온 것일까?

"괜찮아. 사람에 따라 빠를 수도, 늦을 수도 있지만 다 겪게 되는 일이야."

로렌이 말했다.

사려 깊게 보이면서도 사뭇 멍한 듯 보였다. 누나는 남자 친구, 넬슨에 관해 말할 때도 종종 이런 표정을 지었다. 샘은 넬슨을 좋아했다. 넬슨은 좋은 사람이었다. 하지만 둘의 관계는 가망이 없었다. 그들은 서로 애착을 가졌지만, 몸은 서로 연결된 채 말하려 하지 않는 샴쌍둥이 같았다.

샘은 그들이 만들어 내는 드라마가 재미있었다. 특히 전화하며 말하지 않고 있을 때, 압권이었다. 로렌이 옆 방 자신의 침대 위에 누워 있었다. 여러 말들이 분노로 이어지고 그다음 침묵이 흘렀을 것이다. 왜 그들은 그냥 전화를 끊지 않았을까? 로렌이 마지막 울었을 때만 제외하면 모든 것이 너무 웃겼다. 그리고 그렇게 끝나는 장면에서 샘은 헤드폰을 쓰고 아이팟 음악을 들었다.

"샘?"

로렌의 음성에서 사뭇 다른 느낌이 들었다. 보통, 누나는 쉿 하는 바람소리를 내며 샘의 이름을 불렀다. 지금은 누나의 말끝 소리에서 부드러움이 감돌았다. 누나의 시트콤 얼굴이 더 이상 시트콤스러워 보이지 않았다.

그러고 보니 샘은 무엇이 그들의 침묵을 만들었는지 생각해 본 적이 없었다. 무엇이 누나를 울게 했는지도. 늘 그들의 일에 관심 있는 것 같았으면서, 정작 한 번도 생각해 본 적 없다는 것이 너무나 어처구니없게 느껴졌다.

"네가 누군가를 좋아하게 된다면……."

로렌이 자신의 치맛단을 만지작거렸다. 그리고 손가락으로 치맛단이 갈라지도록 둘둘 말아 올리며 말했다.

"그 누군가도 너를 좋아하는 사람이어야 해."

맙소사! 그 자신의 감정을 충분히 판독해 내기도 어려운데 하물며 메러디스가 어떻게 느끼는지 어떻게 알 수가 있단 말인가? 그 허술한 웹사이트를 보고? 예컨대 갓 난 수염에 대한 몇 마디 말에서 그 숨겨진 의미를 찾을 수 있을까? 알아차렸다는 것이 메러디스가 샘을 좋아한다는 충분한 증거가 될 수 있을까? 아니면 그것은 단지 그 애가 알아차렸다는 것뿐이 아닐까?

로렌이 침대에서 일어나며 한숨지었다. 그것은 로렌이 그녀의 일부분을 샘에게 보여 주었고, 그 과정에서 힘이 많이 들었음을 느끼게 해 주었다.

샘은 어떤 잠겼던 무언가가 열린 것 같았다. 누나가 관계들이 어떻게 이루어지는지에 대한 진실의 열쇠를 준 것 같았다. 대신에 낭떠러지 끝에서 발끝으로 서 있는 것 같은 느낌이 들었다.

샘은 하나의 직선 안으로 걸어 들어온 하나의 둥근 원이
라고 생각했다. 일종의 머리를 두드리면서 배를 문지르는
것과 같다. 아니면, 배를 문지르면서 머리를 두드리든지.(동
시에 하기 어려운 것을 일컫는다.-옮긴이)

여러 선택 사항들이 있었다. 메러디스를 휘저어 놓고 약을
건넬 수도 있다. 이렇게 말할 수도 있다.

"어라, 메러디스. 네 가슴이 확실히 커졌는걸. 아무래도 브
래지어를 사야 되지 않아?" 아니면, "너 생리 주기가 어떻게
되니? 우울해지거나 하지 않니?" 따위의 말들.

하지만 이런 샘의 생각은 입안에서만 맴돌 뿐 실제로는
절대 내뱉지 못할 것이었다. 어쨌든 메러디스는 실제로 브
래지어를 하고 있었는데, 샘이 눈치채지 못한 것뿐이었다.
그리고 아직 생리 주기를 생각하고 있지 않기에 아마 그런
말 따위가 메러디스에게 특별한 것은 아니었다.

아예 메러디스를 피할 수도 있다. 그리고 어쩌면 이것이
가장 안전한 선택일 수 있다. 또한 그리 어려운 것도 아니
고. 오늘은 홈그룹(크리스천 기도 모임-옮긴이) 활동 시간에
만 메러디스와 함께 있을 것이다. 샘은 그것을 빠질 수도 있

다. 조금만 꾸물거리기만 하면 가능한 일이었다. 그럼, 지각 벌점 하나를 받는데, 세 개를 받으면 방과 후에 남아야 한 다. 하지만 이쯤이야 해볼 가치가 있다. 그렇지 않은가?

만약 샘이 자기 자신을 알았더라면 선택에 도움이 되었을 텐데. 자기가 어떤 상태인지 빌어먹을 실마리라도 가졌더라 면 말이다.


샘이 공원 벤치 아래 가방을 놓고, 호수 위를 첨벙거리며 헤엄치는 오리 떼를 바라보았다. 샘은 왕, 왕비, 기사와 졸병 들이 조각된 체스 세트를 발견했다. 졸병들은 가장 많은 일 을 하지만, 궁극적으로 소모용이다. 그들은 다른 모든 중요 한 조각들을 위해 안전한 길을 제공하는 임무를 지닌다.

이제 곧 홈그룹이 끝날 시간이다. 샘이 가방을 들어 양쪽 어깨에 단단히 둘러맸다. 과학 교과서의 모서리가 등 쪽에 서 느껴졌다. 샘은 길을 무시하고 대신 잘 관리된 잔디 위를 걸었다. 길 아래로 날아가는 자전거를 볼 수 있었다. 더 가 까이 다가가 분명히 볼 수 있는 거리에 이르자 누가 자전거 를 타고 있는지 알 수 있었다. 잭이 타고 가는 길에는 실수 가 없었다. 아래위로 빠르게 움직이는 긴 다리가 그의 턱을

향해 곧게 달리고 있었다. 잭이 배낭의 한쪽 끈을 어깨에 느
슨하게 매달고 달리자 배낭의 다른 한쪽 끝이 등에 파닥거
리고 있었다. 자전거가 잭에게 너무 작게 보였다. 다른 누군
가의 아래였다면 우스워 보였을 테지만 잭이었기에 그림이
되었다.

샘이 먼저 길에 접어들어 기다렸다. 잭은 속력을 늦추지
않았다. 커브 길을 미끄러지듯 돌아 직진으로 속도를 최대
한 높였다.

샘은 그대로 서 있었다. 자신의 신경을 테스트하듯, 마치
과녁에 있는 사람을 향해 칼을 던지는 마술 쇼에서 자신이
그 과녁에 서 있는 것처럼.

잭의 자전거가 다가오면서 잭이 의자 위에서 잔뜩 등을
구부렸다. 그리고 앞바퀴를 공기 중에 들어올려 샘의 운동
화 바로 몇 센티미터 앞에서 쿵 하고 내려놓았다.

"헤이, 샘. 너 땡땡이치는 거야?"

"아니, 일종의…… 그러는 너는?"

"난 좀 늦은 거지. 그냥 홈그룹인데 뭐."

샘은 잭이 두 장의 지각 벌점을 이미 받았기에 이번 벌점
으로 잭이 방과 후에 남아야 됨을 알고 있었다. 하지만 샘은

말하지 않았다. 어차피 잭은 신경 쓰지 않을 것이고 그 정도의 일은 수월하게 받아들였다.

"엄마가 너 월요일에 저녁 먹으러 우리 집에 올 건지 알고 싶어 해."

샘이 말했다.

"메뉴가 뭔데?"

"양고기."

"양고기, 좋지."

샘이 잠시 기다렸다. 잭에게 특별한 어떤 것을 물어보고자 하면, 지금이 어떤 때보다 좋다고 결정했다.

"너희 아빠께 곧 농구 스카우트 있는 거 말씀드렸어?"

"아니."

잭이 아무렇지도 않게 말했다.

"날짜가 더 가까워지면 말할 거야. 그편이 아빠가 실질적으로 기억하게 할 수 있는 좋은 방법이고 말이야."

"그렇구나."

샘이 고개를 끄덕이며 동의했다.

"그거 좋은 생각이다. 배워야겠는걸."

"야, 너 피난다. 입술 위에서."

잭이 말했다.

샘이 손으로 문질렀다. 잭의 윗입술 위의 까칠해진 수염이 눈에 들어왔다. 짙은 작은 점들이 잭의 피부에 인상적으로 어울려 있었다.

"나 면도했거든."

샘이 교복 바지 위에 떨어진 응고된 피를 문지르며 말했다. 벤 곳에서 다시 피가 났다. 마침 교복 주머니에 휴지가 떨어졌음을 깨달았다.

"메러디스 때문이지, 그렇지? 면도하는 거, 정말 짜증 나는데……."

잭이 말했다.

샘은 잭이 메러디스가 말하는 것을 들었는지 몰랐다. 샘은 잭이 어떻게든 도와줄 수 있었는지 궁금했다. 친구란 친구를 옹호해야 한다지만 어떻게? 어떻게 잭은 도와줄 수 있었을까?

잭은 자전거에서 내려 자전거를 옆에 끼고 걸어가면서도 여전히 속도가 빨랐다. 샘이 보조를 맞추느라 서둘러야 했다. 샘이 곁눈으로 자신의 친구를 슬쩍 쳐다보았다. 잭은 키가 더 크고 어깨가 더 넓은 것이 더 멋진 외모를 가지고 있었다. 그리고 모든 것에서…… 더 나았다.

잠시 동안 아무 대화가 없었다. 단지 편안한 침묵이 삐걱거리는 자전거 바퀴 소리와 새 울음소리와 함께 흘렀다. 잭은 여전히 걸으면서 전방을 응시하며 말을 이어갔다.

"샘, 내가 만약 조던에게 데이트 신청하면 조던이 뭐라고 할지 넌 알겠니? 네가 생각하기에 내가 그런 식으로 하면 조던이 좋아할까?"

샘은 순간 웃음이 빵 하고 터져 나왔다. 잭이 농담을 하고 있는 것임에 틀림이 없었다. 잭은 학교 모든 여자애들의 선망의 대상이었다. 잭이 원하면 누구든 선택할 수 있었다. 잭은 타일라 피어와 사귀었다. 나이가 좀 위였는데 학교에서 제일 잘나가는 여학생으로 잡지 표지 모델로 활동하기도 했다. 타일라는 다소 거만한 성격으로, 샘은 그녀 앞에서 두 마디 이상을 말해 본 적이 없었지만, 확실히 멋졌다.

샘은 계속 터져 나오는 웃음을 삼켰다. 자전거 핸들을 꽉 쥔 잭의 모습에서, 그 꽉 쥔 손의 관절을 통해, 잭이 장난을 치고 있지 않다는 것을 샘은 알 수 있었다. 샘은 확실히 조던이 잭에게 어떤 감정인지 알 수 없었기에 조던이 뭐라 말할지 짐작할 수 없었다. 그런데 잭이 정직하게도 자기 자신에 대해 확신을 갖지 못하는 것이 비현실적으로 느껴졌다. 그리고 그것이 샘의 마음을 좀 더 편안하게 해 주었다. 잭의 어깨 주변에 긴장감이 감돌았다.

잭의 질문과 샘의 대답 사이에는 시간이 많지 않았기에, 샘의 머리에 그렇게 많은 생각들이 헤엄을 치고 다닐 수 있다는 것이 놀라웠다.

"글쎄, 널 좋아하는지 아닌지 분명히 알 수 있는 방법이 있지."

샘이 입을 열었다.

"통계적으로 85퍼센트의 사람이 자신이 좋아하는 사람에게 10초가량 더 시선이 머문다고 해."

잭이 걸음을 멈췄다. 샘이 말하는 것에 경청하는 것처럼 잭의 머리가 기울어져 있었다. 그러다가 갑자기 웃음을 터뜨리고 머리를 흔들었다.

"맙소사, 샘. 넌 정말 진지한 괴짜야!"

잭이 잠깐 말을 멈춘 뒤 말했다.

"하지만 정말 재미있는 말이야."

잭이 다시 걷기 시작하며 자전거를 들어 뒷바퀴만 굴렸다. 잭이 손 하나를 자전거 핸들에서 떼어 샘의 팔을 감쌌다. 잭이 팔을 문지를 때, 샘은 웃음을 멈추고자 입술 안쪽을 살짝 깨물었다.

잭이 샘에게 인도한 것들이 여러 개 있었다. 여러 잡다한 서클들. 그리고 이제 샘은 충고를 부탁받는 친구가 되었고 면도하는 남자가 되었다. 하지만 다시 깎지 않은 수염을 가지게 될 것이다. 그편이 괴짜처럼은 느껴지지 않을 테니까.


이상한 아침이었다. 샘의 생각들이 마치 양동이 속의 물고기처럼 파닥거렸다. 미끄덩미끄덩하며. 매우 잠시 샘은 메러디스에게 절대 다가가고 싶지 않은 느낌이 들었다. 그러고는 그랬을 경우를 생각하니 이상하게 실망스러운 기분이 들었다.

하지만 이 모든 생각도 메러디스를 발견하기 전까지의 짧은 몽상일 뿐이었다. 그 애가 걸을 때, 교복 치마가 무릎에서 찰랑거렸다. 그리고 그 애의 빛나는 갈색 말총머리 사이에서 간간히 빨간색 머리가 신비롭게 섞여 보였다. 샘이 전에는 보지 못하던 것이었다. 그리고 그 애의 교복 아래로 브래지어 자국이 있었다. 분명 브래지어였다.

문득 샘은 농구 코트 쪽으로 나 있는 길의 반대 방향으로 걸어가고 있는 자신을 발견했다. 순간 도망가고 싶은 본능이 일었다. 그 다음은 깜깜했다. 어떻게 동시에 원하면서, 원하지 않을 수 있단 말인가?

운동장에서 농구를 하면서, 샘은 언덕배기에서 다른 여자애들과 어울려 있는 메러디스의 모습을 볼 수 있었다. 하지만 멀리 있었다. 너무 먼 것 같았다. 샘이 강력한 덩크슛을 성공했다. 메러디스가 보았을지 궁금했다. 제발 보았기를 원했다.

수업 종이 울렸다.

샘은 사실 라커룸으로 가는 길을 택하고 싶었다. 하지만 그 언덕배기로 올라가고 싶지 않았음에도, 잭이 먼저 그렇게 하고 있었다. 마치 자석의 힘처럼 조던에게 끌려가듯이, 어떤 물음도 없이 저절로 조던 쪽으로 움직였다.

샘이 잭과 함께 걸어가며 한숨을 깊게 내쉬었다. 자신의 발은 항상 잭을 따라가는 것 같았다. 자신의 생각과 결정이 아니라.

샘과 잭이 다가갔을 때, 여자애들은 서 있있다. 메러디스의 치마가 반쯤 올라가 있었다. 메러디스가 치마를 다시 내리기 전, 샘의 눈에 메러디스의 허벅지 위에 자잘하게 나 있는 주근깨들이 보였다. 메러디스는 다리 근처에 치마를 내리는 행위를 보통 남의 시선을 의식하는 것처럼 보이면서 했다.

샘의 머릿속 생각이 다시 째깍째깍 움직이기 시작했다. 다시 반대 방향으로 갈 수도 있고, 오솔길 너머로 갈 수도 있다. 하지만 그러기엔 너무 늦었다. 그리고 너무 티가 나는 것 같았다.

샘과 메러디스가 겨우 다섯 발자국 정도를 사이에 두고 서 있었다. 샘은 얼어붙었다. 모두들 자리를 떠나자 메러디스가 샘에게 바짝 걸어왔다.

"샘, 너 했구나?"

메러디스가 꽤 부드러운 어조로 말했다.

"너 면도했잖아. 맙소사! 너 내 말 따위 귀담아듣지 말아야지. 다른 애들도 아무 신경 쓰지 않는다고."

그들이 다른 애들과 꽤 떨어져 있었기에 아무도 그들의 대화를 들을 수 없었다.

"베지도 않고, 상처도 없고."

메러디스가 살짝 비꼬듯이 말했다.

"글쎄, 어쩜 이것 하나!"

메러디스가 샘의 입술을 향해 손을 뻗었다. 샘이 메러디스의 손을 잡아채어, 몸을 휙 돌려 헤드록을 걸었다. 그리고 팔을 낮추어 메러디스의 어깨가 허리에 접히도록 했다. 모든 움직임이 마치 텔레비전 속 슬로모션처럼 보였다.

메러디스가 특유의 장난 섞인 말을 시작하려는 듯 보였다.

"너 말이야…… 내 말은…… 지금부터 입 좀 다물어 줄 수 있겠니?"

샘이 말했다.

"아니."

메러디스가 머리를 휙 수그려 샘이 잡고 있던 손에서 빠져나갔다. 샘의 팔이 허전하게 느껴졌다. 혹시 이것이 하나의 증상?

메러디스가 다른 애들을 쫓아 언덕배기로 달려갔다. 샘은 달려가는 메러디스의 말총머리가 이쪽저쪽으로 왔다 갔다 하는 것을 바라보았다. 샘은 지금 메러디스에 대한 감정을 좀 더 유지하고자, 뒤에 머물러 움직이지 않고 그대로 서 있었다.

달려가던 메러디스가 다시 언덕 아래로 몸을 돌렸다. 다시 샘에게로 달려왔다. 그러고는 샘 가까이 우뚝 섰다. 매우 가까이. 그리고 처음으로, 말하지 않았다.

메러디스가 샘에게 몸을 기울였다. 그리고 그녀의 입술이 샘의 입술에 슬며시 닿았다. 자신의 입술에 닿는 감촉이 너무나 부드러워 샘은 마치 꿈속에 있는 것같이 느껴졌다. 그 순간이 아마도 2초 아니면 10분이었을까……. 샘은 얼굴이 붉어졌지만 메러디스는 붉어지지 않았다.

하지만 한 가지는 분명했다. 메러디스와 키스한 것은 현실이었다. 샘의 몸이 그것을 말해 주고 있었다. 몸의 세포 하나하나가 그것을 말해 주고 있었다. 발가락 끝에서부터 머리끝까지 휙 하고 바람이 지나갔다.

"가자, 샘! 가자, 메러디스! 뭐 하고 있어? 뭐 해?"

언덕 위 무리들로부터 부르는 소리가 간간히 들렸다.

심지어 메러디스가 언덕으로 다시 올라갈 때에도 샘은 그냥 그대로 거기에 서 있었다. 무엇인가 달라진 것 같았다. 내면에서 무엇인가가 바뀌고 있었다. 더 이상 자신을 알고자 구글 검색을 하지 않아도 될 것 같았다.

메러디스는 샘을 좋아했다. 샘도 메러디스를 좋아했다.

한 번에 다 받아들이기에 많은 일이 있었다. 면도, 키스……. 하지만 아마도 지금이 변화가 시작되는 때일지 모

른다. 지금까지 일어난 일들보다 어쩌면 더 많은 것들이 변
화를 기다릴지 모른다.

　마침내 샘은 알 것 같았다. 이 이상야릇한 인생의 문제들
을 말이다.

# 메러디스

메러디스가 이불을 들어올렸다. 그것이라는 것을 이미 느낄 수 있었다. 정체불명의 것이 흘렀다. 잠옷 바지에 묻은 피가 증거였다. 예상치 못한 것은 아니었다. 위에서 경련이 났다. 마치 온몸이 위장 안으로 쪼그라드는 것 같은 이상한 기분이 들었다.

방의 불을 켠 다음, 거실 복도 불을 켰다. 그리고 욕실 쪽으로 걸어갔다. 이내 다른 발자국 소리가 따라왔는데, 뒤돌아보니 아빠가 욕실 문앞에서 졸린 눈을 비비고 섰다.

"메러디스, 지금 안 자고 뭘 하고 있니? 너 괜찮은 거니?"

"나, 시작했어요."

"아······."

아빠가 잠시 말을 멈추었다.

"아, 정말?"

아빠가 희끗희끗한 머리를 손으로 쓸어내리며, 마치 대단한 비밀을 공유하는 것처럼 작은 목소리로 속삭였다.

"그럼, 필요한 거 다 가지고 있어? 저기 욕실 서랍장에 있는 하얀색 가방에 다 들어 있다."

아빠는 꽤 오래전에 그것들을 사서 욕실 서랍장에 놓아두었지만, 메러디스만 제외하고 다른 모든 애들에게만 이 일은 일어나는 것 같았다. 물론 메러디스를 제외하고, 세실리아도 왜 자신에게는 일어나지 않고 있는지 물을 수 있지만, 세실리아의 몸은 오로지 춤추는 것에만 전념하고 있었다.

메러디스가 아빠가 말한 가방 안을 들여다보았다. 일반 생리대와 체내형 생리대가 있었다. 심지어 '몸의 변화'라는 제목의 작은 책자도 들어 있었다. 이 모든 것이 메러디스를 조금 웃게 만들었다. 메러디스는 아래를 쳐다보며 갑자기 자신의 몸이 털로 뒤덮이고 또는 꼬리가 여러 개 생기는 것 같은 이상한 상상을 했다.

"네, 다 좋아요. 하지만 지금은 샤워를 해야겠어요."

아빠가 고개를 끄덕이며, 완전 진지한 어조로 말했다.

"그래라. 좋은 생각이다. 그렇게 해야지."

아빠는 설명조로 말을 했지만, 마지막 부분에서는 조금 물어보는 듯한 뉘앙스를 풍겼다.

메러디스가 샤워 부스에 들어가며 깊고 고르게 숨을 쉬었다. 오빠가 타일 바닥에 쌓아 놓은 더러운 푸티(오스트레일리아에서 하는 럭비와 축구 중간 단계의 인기 운동-옮긴이) 장비를 밟고 올라섰다. 한 무더기의 양말이 진흙 더미처럼 쌓여 있었다. 마침내 샤워 꼭지에서 물이 쏟아졌다.

한 시간 전만 해도 메러디스는 아이였다. 하지만 지금은 달라졌다. 한 여자? 정말일까? 매우 낯선 기분이 들었고 생리를 시작한 것이 샘에게 키스를 한 것과 무슨 관련이 있어 나타난 것이 아닌지 궁금함을 떨쳐 버릴 수가 없었다. 이 두 가지가 어떤 이상한 방식으로든지 연관된 것 같았다.

샘에게 키스한 것은, 글쎄, 일종의 충동이었다. 단지 그렇게 하고 싶은 갑작스런 충동이었다. 정말 좋은…… 방식으로 나타났던 갑작스런 충동이었다. 샘은 다정했고 메러디스는 이미 그것을 알고 있었다. 하지만 그와의 키스가 그렇게 괜찮을지는 새로운 발견이었다.

모든 것이 한 번에 일어나서 생각할 것이 너무 많은 것같이 느껴졌다. 아무래도 잠을 이룰 수 없을 것 같았다. 깨끗한 팬티 안에 패드 한 장을 대었다. 옆면에 날개가 달린 패드였다. 새처럼, 아니면 천사처럼, 아니면 그냥 위생 패드처럼. 메러디스는 패드를 고정시키기 위해 날개를 팬티 주변에 채웠다. 잠옷 바지를 세탁기에 담가 놓고 방에서 가져온 새 잠옷을 입었다.

체내형 생리대 사용이 아마도 더 어려울 것이고 아직 쓸 필요가 없었다. 어쨌든 고도의 지능을 요하는 일도 아니고 자세한 설명서가 필요한 것도 아니었다. 그럼에도 혹시 모르는 것이 있을까 봐, 메러디스는 그 소책자를 방에 가지고 왔다.

비가 지붕을 두드렸다. 끈질기게. 들어오고 싶어하는 것 같았다.

아빠는 침대로 돌아가지 않고 메러디스의 방문 앞에 서서 문틀을 손가락으로 두드리고 있었다. 작은 손가락에서부터 큰 손가락까지.

메러디스가 이불 밑에서 꼼지락거리며 가져온 책을 이불 밑에 깊숙이 밀어 넣었다. 아빠가 검지손가락 차례에서 두드리는 것을 멈췄다.

"아빠, 정말, 나 괜찮아요."

"리사 고모한테 전화 걸면 되는데. 고모가 와 줄 거야. 네가 물어보고 싶은 것이 있으면……."

리사 고모라는 말에 메러디스가 입술을 오므렸다. 리사 고모는 메러디스의 얼굴의 최대 특징인 고양이 똥구멍 입술의 원조로서, 모든 것이 지겨운 것처럼 눈은 가늘게 뜨고 불평하는 목소리 톤을 가졌다. 그녀의 이 모든 것들이 그녀에게 있어 인생이란 단지 참아 내야 하는 것이라는 것을 나타내 주었다. 그리고 메러디스의 이런 추측은 완벽히 맞아떨어질 것이다.

"어쨌든 메러디스, 축하한다. 네가 마침내 숙녀가 되었구나. 다른 여자애들보다는 늦었지만, 내 딸도 드디어 시작했구나."

아빠 눈 주변의 잔주름이 미소와 함께 접혔다.

"넌 참 걱정거리야, 메러디스."

아빠가 책망하듯 말했다.

"맞아요, 아빠. 난 아마 이 지구상에서 내 나이 또래 여자아이들 중 두 번째로 늦게 시작한 아이일걸요. 궁금한 게 있으면 친구들한테 물어보면 돼요."

메러디스가 자려고 몸을 뒤집었다. 아빠가 방에 들어와 이마에 입을 맞추었다. 메러디스는 아빠의 눈이 촉촉이 빛나고 있음을 발견했다.

"미안하다, 메러디스. 미안하다. 엄마가 없어서……. 아빠가 해 줄 수 있는 것이라면 어떤 것이라도 말해다오. 어떤 것이든 모두."

메러디스가 벽에 걸린 커다란 포스터를 올려다보았다. 원래 사진이 있었던 자리를 포스터가 다 덮고 있었다. 내용물보다는 크기를 보고 고른 것이었다. 심지어 메러디스가 좋아하지도 않는 아이돌 밴드의 포스터였다. 지금 갑자기 그 사진에 대한 생각이 떠오르는 것에 신경질이 났다. 그토록 그 기억을 지울 수 있기를 바랐건만. 그 여자에 대해.

메러디스는 더 이상 자신이 그 시간의 길을 내려가게 하고 싶지 않았다. 아무 의미가 없었다. 만약 여기서 미끄러진다면 자신은 블랙홀 속에 빠져 버릴 것이다. 지금까지 충분히 거기에 있었다. 메러디스는 그 기억 자체가 멀리 날아가 버리기를 기도했지만 그것들은 그 자리에 있었다.

그 일이 일어나던 시기가 메러디스가 6학년을 4분의 3가량 보낸 무렵이었다. 1년 중 그리 특별한 때도 아니었다. 봄이었다. 긴 겨울이 지나고 세상이 깨어났다. 엄마도 깨어나서 그들을 떠났다. 메러디스는 좌절했다, 그때.

가엾은 소녀가 엄마에게 버림받았다. 학교 급식 당번 엄마들이 메러디스에게는 특별히 식사를 챙겨 주었다. 일종의 위로였다.

이전에 아이들은 재미있는 놀이를 할 때 메러디스를 찾았지만, 왠지 모든 것이 바뀌었다. 아이들이 거리를 두기 시작했다. 그들 부모님의 말을 따르는 것 같았다. 모두 나쁜 것은 전염이 된다고 여기는 것 같았다. 어쩌면 그들의 엄마도 사라질 수 있을 테니까. 그들은 따지지 않고 메러디스가 제일 좋은 그네를 선택하도록 해 주었다. 그리고 모든 것에 있어서 첫 차례는 메러디스 차지가 되었다.

어느 곳에서도 메러디스에 대한 이야기가 있었다. 그래서 고등학교 가는 것이 메러디스에게는 다행이었다. 초등학교 친구들이 없는 학교를 선택했다. 마치 뱀처럼 오랜 허물을 벗고 싶었다.

메러디스는 오래전부터 이미 슬픔을 나타내지 않는 법을 연습하기 시작했다. 항상 가볍고 명랑 쾌활할 수 있는 법을. 메러디스는 암울할 때도 밝게 행동하면, 현실도 변할 수 있음을 깨달았다. 사람들이 다르게 반응했다. 메러디스는 아무도 모르게 분홍색 심장을 살짝 늘려 그 안의 블랙홀을 가렸다. 어릿광대라도 된 것 같았다.

마치 점수를 모아 가는 것과 흡사했다. 심각한 문제를 가볍게 넘어갈수록 더 많은 점수를 얻는 것이다. 닌텐도 게임의 라이프 포인트처럼, 필요할 때 모아 둔 포인트를 쓸 수 있을 것이다. 재미있을 것 같았다. 힘들지도 슬프지도 않을 것이다. 연습을 더 많이 할수록 더 능숙해질 것이다.

고등학교에서도 메러디스에게 엄마가 없다는 것을 알았다. 하지만 그것은 고대 역사나 다를 게 없었다. 이혼한 부모를 둔 아이들이 너무나 많이 있었고, 메러디스도 그들과 달라 보이지 않았다. 마치 저녁 콘서트 때 2.99달러 주고 산 일회용 글로우스틱(형광 막대-옮긴이)처럼, 네온사인이 흐려졌다. 자신의 불빛을 잃은 것이다.

메러디스는 더 이상 그 여자에 대해 말하지 않았다. 더 이상 캐나다 우표가 붙어 있는 편지를 뜯지 않았다. 메러디스는 사람들로 하여금 그런 화제를 다른 것으로 돌리게 하는 데 탁월한 재능을 지니게 되었다.

"내가 필요한 것이면 어느 것이나 다, 아빠?"

메러디스가 팔꿈치로 살짝 몸을 일으켜 세우며 물었다.

"용돈 인상이 적절하다고 판단되고요. 완전 새 옷으로 꽉 찬 옷장도, 화장품 세트도요. 이제 저도 여 자 가 됐잖아요."

메러디스는 무척 좋았다. 자신이 아빠를 웃게 할 수 있다는 점이.


체육관 탈의실 문이 메러디스 뒤에서 삐걱거렸다. 메러디스는 문을 닫기 위해 약간 춤을 추듯 엉덩이를 튕기며 문을 세게 밀었다.

리 옆에 있는 기다란 의자 위에 허리를 곧추세우고 세실리아가 앉았다. 그 앞에 조던이 허리춤에 손을 얹고 섰다.

"그래서 무슨 일이야? 뭐가 빅뉴스인데?"

조던이 희미하게 웃어 보였다.

메러디스가 신경질적으로 킥킥거렸다. 무엇을 예상하는지 알 수 없었지만, 확실히 느껴지는 건…… 기대를 하고 있다는 것이었다. 그래서인 것 같았다. 말할 다른 사람이 없었다. 단지 친구들 외에는.

"나 생리 시작했다. 어젯밤에."

메러디스가 다소 큰 목소리로 속삭였다.

"오, 멋진데, 잘됐다!"

조던이 말했다.

"오, 메러디스!"

리가 끼어들며 말했다.

"좋은 소식이다. 근데 괜찮아? 아프지는 않고? 만약 아프면, 뜨거운 물병을 사용해 봐. 필요하면 말해. 나 항상 가지고 다니는 것 있어."

"나도 있어. 리, 고마워."

"잘하고 있네. 그리고 다른 필요한 것들은 다 있어? 난 엄마가 날 위해 구급상자를 준비해 줬는데."

"그래."

조던이 덧붙였다.

"그리고 우리 엄마는 새들이 어떻게 알을 낳는지, 벌이 어떻게 꽃가루를 옮겨 꽃이 수정되는지 등등 기초적인 성교육을 시켜 주느라 애를 썼지."

갑자기 조던의 목소리가 흩어져 갔다. 그리고 찡그린 얼굴이 리에게서 조던에게로 바뀌고, 다시 조던에게서 리에게로 바뀌었다. '엄마'라는 말 때문이었다. 그들은 메러디스 앞에서는 그 단어를 좀처럼 사용하지 않았다. 깜박하고 꺼냈다가 아차 하고 깨달은 것이었다. 메러디스가 항상 메러디스답게 그 상황을 구했다.

"그래, 나도 필요한 것은 다 가지고 있어. 아빠가 나에게 이것들도 사 주었지."

메러디스가 생리대를 꺼내 보였다.

"포장 예쁘지 않니? 아빠가 날개 달린 것 사다 주었지 뭐야."

"새는 거 싫잖아. 그리고 나중에는 티 안 나는 것도 신경 쓰게 될 거야."

"무심한 편안함(어느 생리대 광고 문구 중 하나-옮긴이)."

리가 킥킥댔다.

"나도 이제 여자야!"

메러디스가 엉덩이를 이리저리 흔들며 외쳤다.

"글쎄, 네 몸은 어쩜 그럴지도. 하지만 분명 네 머릿속은 아니야."

조던이 대꾸했다.

"있잖아, 나도 사실 지금 그때거든."

리가 말했다.

"근데 우리들의 주기가 나란히 같아질지 궁금해. 종종 친한 여자 친구들끼리 생리 주기도 아예 같아지는 일도 있대."

잠깐, 메러디스는 눈 안쪽이 따끔거리는 것이 느껴졌다. 눈물을 막으려 눈을 빠르게 깜박거려야 했다. 이 친구들이 자신에게 얼마나 소중하단 말인가. 메러디스는 이들과 모든 것을 함께하기를 원했다. 가끔, 메러디스는 그들 중 누군가와, 또는 그들 모두와 하나가 되기를 바랐다.

리의 엄마와 아빠는 여전히 리 앞에서 키스를 했다. 그것이 리를 역겹게 했다.

조던의 엄마는 이혼 이후 여전히 힘들어 하고 있다. 가끔 조던은 엄마의 침대에 바짝 파고들어 가 잠을 잤다. 그러고 나면 조던이 엄마의 코 고는 소리에 얼마나 피곤했는지 장난처럼 투덜댔다. 그리고 그것이 조던이 하는 말의 전부였다. 그것으로 충분했다. 메러디스는 조던의 엄마가 조던을 필요로 했다는 것을 충분히 알 수 있었다.

메러디스는 세실리아에 대해서는 잘 몰랐다. 왜냐하면 세실리아의 집은 놀러 갈 수 있는 타입의 집이 못 되었기 때문이다. 하지만 세실리아는 엄마가 있었고, 게다가 엄마는 변호사였다.

반면, 메러디스는 친구가 필요했다. 그들 모두가 메러디스에게는 엄마를 이루는 여러 조각들과 같았다.

메러디스는 얼굴을 잔뜩 찡그러트렸는데 이는 메러디스가 가장 즐겨 하는 코믹스런 표현 중에 하나였다. 그리고 순간 눈 안쪽이 따끔거리다 말았다. 늘 그랬다.

"있잖아, 《맥베스》의 그 마녀들처럼 말이야. 우리 셋이…… 아니, 넷이 천둥, 번개가 치거나 폭풍우 속에 다시 만난다면…… 그건 바로 마녀들의 집회가 되는 걸까?"

물론 선생님 시간에 《맥베스》를 공부하고 있었기에, 물론 선생님이 가르쳐 준 것을 떠올리며 그들은 메러디스의 머릿속으로 함께 뛰어들 수 있었다.

자신도 생리를 시작했다고 한참 떠들어 대고 나서야 메러디스는 세실리아를 생각했다. 메러디스는 자신의 친구를 슬쩍 쳐다보았다. 세실리아는 서 있었다. 세실리아는 한 마디 말도 하지 않았고, 조금 창백해 보였다. 그리고 정말로 세실리아의 교복이 자라고 있는 게 아니면 세실리아가 줄어들고 있는 것 같았다.

"걱정하지 마, 세실리아."

메러디스가 말했다.

"너도 곧 할 거야. 그렇게 고된 춤을 좀 줄이고 살 좀 찌운다면…… 어쨌든 뭐가 문제겠어?"

"문제될 건 없지, 메러디스."

메러디스는 세실리아가 머리를 흔드는 것을 보았다. 그런데 왠지, 세실리아가 머리를 끄덕여야 했던 것처럼 보였다.

"잘됐다, 메러디스, 정말 잘됐어."


"내가 일어났을 때, 내 치마 뒤도 봐 줄 수 있겠어?"

조던의 눈이 사팔이 되었다.

"메러디스, 10분 전에도 봤잖아."

조던이 말했다.

"그렇지."

메러디스가 신음하듯 말했다.

"하지만 꼭 강물이 나한테서 흘러 나가는 것같이 느껴진단 말이야."

메러디스가 조던을 향해 책상 위로 몸을 굽혔다.

"너하고 잭 벌써 해 봤어?"

메러디스가 물었다.

"난 잭이 키스를 아주 잘할 거라 생각해. 아주 훌륭한 입술을 가졌어."

메러디스가 말을 멈출 차례였는데 조던이 침묵했다. 그리고 불과 1초 뒤 메러디스가 농담이라는 듯 덧붙였다.

"물론 샘만큼 훌륭하지는 않지만 말이야."

조던이 모르겠다는 듯 눈썹을 추켜올렸다. 분명히 조던은
메러디스의 질문에 대답하려 하지 않았다. 조던은 이런 것
에 매우 불쾌해했다. 지극히 사적이고, 사적인 일에……

"내 치마 봤어?"

메러디스가 다시 물었다.

쉬는 시간에 언덕배기에서 조던은 조금 얼어붙은 듯 보였
고, 세실리아는 여전히 안절부절못해 보였다. 심지어 리는
제정신이 아닌 것 같았다. 그들은 모두 좀 진정할 필요가 있
었다. 게임을 하기에 좋은 시간이라고 메러디스가 생각했
다.

"그래서 너희들은 남자애에게 키스를 해야 한다면 누구를
선택하겠어? 농구 코트에 있는 애들 중에서 말이야. 샘을 선
택하는 것을 제외하고. 왜냐하면 샘은 이미 선택되었거든."

"맙소사, 메러디스, 너 완전히 사로잡혔구나?"

조던이 한마디 던졌다.

메러디스가 키득거렸다. 물론 메러디스는 사로잡혔다. 샘

에게 키스했던 것은 매우 좋았다. 메러디스는 확실히 다시 해 보기를 원했다.

친구들은 메러디스의 질문에 매우 비협조적으로 굴었다. 하지만 그것이 문제가 되지 않았다. 메러디스는 그들의 대답을 스스로 할 수 있었다.

"난 세실리아가 딜런을 선택할 것이란 걸 알고, 조던과 리는 둘 다 잭을 선택하겠지."

메러디스는 둥근 빵을 한 입 베어 물었다.

리는 갑자기 입맛이 떨어지는 것처럼 샌드위치를 내려놓았다. 하지만 메러디스는 조만간 리가 잭이 조던을 좋아하는 것을 받아들이게 될 거란 걸 알았다. 리에게 그것을 일깨워 주는 것이 리가 자신만의 판타지 세상에 빠지게 하는 것보다 훨씬 더 나았다.

세실리아는 아무것도 먹지 않으려 했다. 그럼에도 세실리아가 이 언덕배기에 점심 도시락 통을 계속 가지고 오는 것은 정말 이상했다. 비어 있는 도시락 통이었다.

"또 점심 잊었어?"

메러디스가 세실리아의 비어 있는 도시락 통을 나머지 친구들에게 보이며 물었다.

세실리아가 도시락 통을 낚아채며 무뚝뚝하게 말했다.

"먼저 먹었어, 메러디스."

메러디스가 눈동자를 굴렸다. 하지만 민감하게 굴어서는 안 되었다. 자칫하면 생리 기간 중의 여자가 될 거니까.

"언제?"

메러디스가 집요하게 물었다.

"너 먹을 시간 없었을 텐데……."

수업 종이 울렸다. 세실리아가 메러디스의 말문을 자르듯 재빨리 일어섰다.

잭과 샘이 언덕배기로 걸어오는 모습이 메러디스의 시야에 들어왔다. 메러디스는 일어나서 자신의 치마를 가지런히 내렸다. 여전히 자신의 뒤가 걱정이 되었다. 이 걱정이 하루 종일 따라다녔다. 하지만 오늘은 모두 기분이 저조한 듯 보였기에 메러디스는 더 이상 징징대지 않기로 했다.

샘은 참 귀여웠다. 바지 주머니에 집어넣은 손. 머리를 위로 들고 메러디스를 보며 씩 웃는 모습. 긴장했을 때 윗입술을 만지는 버릇. 면도하다 벤 상처. 메러디스 때문에.

메러디스는 잭이 중력에 이끌리고, 자석에 이끌려 가듯이 조던에게로 미끄러져 가는 것을 보았다. 그리고 세실리아와 리가 언덕배기 뒤쪽으로 걸어가는 것을 계속 지켜보았다. 잭이 조던의 치마에 붙은 개미 한 마리를 털어 주었다. 그 둘은 매우 잘 어울렸다. 메러디스는 그들이 서둘러서 빨리 공식적으로 사귀기를 바랐다.

샘이 메러디스 앞에 멈췄다. 샘은 주머니에서 손을 꺼내었고, 메러디스는 그 손을 잡고, 둘이 함께 걸었다. 메러디스는 샘이 자신의 손을 힘주어 잡아 주는 것이 좋았다. 너무 세게 조이는 것같이 그렇게 꽉 잡은 것도 아니고, 그냥 흐느적거리듯 너무 부드러운 것도 아니었다. 만약 손을 잡는 올바른 법이 있다면 이것이 딱 그랬다.

"다음 수업이 뭐야?"

샘이 물었다.

"미술. 도자기 단원 반쯤 하고 있어. 가마에서 나온 내 그릇은 꼭 물뿌리개같이 나왔어. 사방에 구멍이 숭숭 뚫려 가지고. 너는?"

"체육."

샘이 물뿌리개 같다는 말에 웃어 보이며 말했다.

"그럼, 좀 이따 보자."

메러디스가 잡았던 손을 풀었다. 샘이 체육관으로 가는 길에 접어들었다. 여자 친구들이 언덕배기 위 중간 지점에 있었다.

메러디스는 그들을 향해 움직일 때 자신의 몸을 생생히 느낄 수 있었다. 자신은 여자였다. 팔과 다리가 있고, 가슴과 엉덩이가 있었다. 메러디스는 자신에게 오는 시선을 느꼈다. 이런 것이 조던이 항상 느끼는 것이 아닐까 궁금했다.

괜찮은 느낌이었다. 메러디스는 커다란 헬륨 풍선을 매달고 언덕배기 위로 붕붕 떠가는 기분이 들었다.

메러디스는 참을 수 없었다. 걸음을 멈추고 샘의 뒷모습을 슬쩍 쳐다보았다. 그리고 다시 위를 보았을 때, 여자애들이 사라졌다. 언덕배기 꼭대기에는 평평한 땅이 펼쳐졌다. 산들바람 아래, 거기에서 그들을 볼 수 있었다.

조던과 세실리아가 등을 돌리고 있었고, 리는 따로 자신의 길에 있었다. 알에서 갓 깬 똑똑한 병아리가 맞은편 기둥에서 신발 끈을 고쳐 매며 맴돌고 있었다.

메러디스가 깜짝 놀라게 하고자 그들 뒤로 살금살금 다가갔다. 메러디스의 장기 중에 하나였다. 하지만 메러디스가 조던과 세실리아 뒤로 바싹 다가갔을 때 걸음을 멈추고 말았다.

조던이 말하고 있었다.

"그래서 잭이 나에게 학교 끝나고 남을 수 있냐고 물었어. 난 그 이유가 좀 짐작이 되거든. 근데 정말…… 모르겠어. 좀 놀라운 것 같아. 사실 이런 느낌을 받아 본 적이 없어. 만약 나한테 데이트 신청하면 난 좋다고 말할 거야."

메러디스는 세실리아가 마치 힘을 주려는 듯 조던의 등에 손을 올리는 것을 느낄 수 있었다. 그리고 메러디스는 리가 바로 옆에서 조던을 방해하지 않으려고 묵묵히 자신의 감정을 추스리는 것을 알 수 있었다. 정말 최고의 친구들이었다.

메러디스가 아무 생각 없이 대화에 끼어들려던 참이었다. 혹시 잭과 샘과 함께 두 쌍이 데이트하면 재미있지 않을까 하는 생각과 함께.

"근데 너희들 아직 메러디스한테는 말하지 않을 수 있지?"

조던이 속삭였지만 그 속삭임은 충분히 작은 소리가 아니었다. 메러디스가 이미 들었고, 리가 주의를 주듯 눈을 가늘게 뜨며 머리를 흔들었음에도, 메러디스는 더 들어야 했다.

"단지 말이야. 너희도 메러디스가 어떤지 알잖아. 어떤 것도 개한테는 진지하지 않아. 모든 것이 다 농담이라고. 그래서 난 이번은 그렇게 되지 말았으면 하는 거고. 알았지?"

뒤통수를 크게 얻어맞은 것 같았다. 메러디스는 순간 숨을 쉬기가 어려웠다.

메러디스가 달릴 때, 다리 사이의 생리대가 뒤틀리는 것 같은 느낌이 들었다. 생리대 날개가 떨어졌다.

메러디스는 리가 자신의 이름을 부르는 것을 들었지만 계속 달렸다. 계속 달려서 교문 바깥으로 나왔다. 학교를 벗어나자…… 깨달았다. 갈 곳이 없다는 것을.

목이 아팠다. 심장이 가슴에서 고통스럽게 쿵쿵거렸다. 메러디스가 몸을 진정시켰다. 왜 선생님들이 생리 기간 중에는 체육을 면제시켜 주었는지 이해할 수 있었다. 생리대가 지금까지는 문제없이 괜찮았지만, 더 이상 혈액을 받아 내지 못할 것이 분명했다. 안전하지 못했다.

거기다 메러디스는 가방도 가지고 있지 않았다. 세면 주머니가 가방에 들어 있었는데 말이다. 너무 서둘러서 달아나기에만 바빴다.

가장 가까운 화장실이 호숫가 공원에 있었다. 메러디스는 팬티에 생리대가 떨어지지 않도록 조심하기 위해 자신이 뒤뚱뒤뚱 걷고 있는 것처럼 느껴졌다. 오리 두 마리가 마치 시범을 보이는 것처럼 메러디스의 앞을 걸어가고 있었다. 메러디스는 그러한 관심 전환에 거의 고마운 생각이 들었다. 다른 것들은 생각조차 할 수 없었다. 뒤뚱거리기 기본 101가지 법칙이라…….

화장실 건물은 차가운 콘크리트였다. 아주 작은 지저분한 세면대와 주사기를 버리는 통이 놓여 있었다. 마약중독자들, 부랑자들, 그리고 메러디스 같은 애들을 위한 화장실이었다. 화장실에는 의자도 없었다. 최소한의 필요에 맞게 모든 것들을 떼어 버린 것 같았다.

메러디스는 생리대 쓰레기통 뚜껑을 올린 다음 생리대를 넣었다. 화장실 종이가 조금 바깥으로 내려와 걸려 있었다. 티슈라기보다는 그냥 종이에 가까웠다. 메러디스가 몇 칸이 남았는지 세어 보았다. 일곱 칸이었다. 일곱 칸이면 충분해야 한다, 그럴까?

메러디스가 일어났다. 가슴에 바위 덩어리가 자리 잡았다. 커다란 바위가 심장을 누르고 있었다. 석순들이 내려와 가슴에 닿은 것 같았다. 아니, 종유석이 맞을까? 샘이 지리 시간에 자신에게 그 차이점을 설명해 주려 애를 썼지만 이해하지 못했다. 어쩌면 자신은 다른 어떤 것도 이해하지 못했던 건 아닌가?

메러디스가 바깥으로 발을 딛었을 때, 태양이 눈부셨다.

보통 때라면 메러디스는 서둘렀을 것이다. 늘 메러디스는 무언가를 하고 있거나, 누군가에게 전화를 했다. 휴대전화가 사물함 안, 가방 속에 있었다. 어쨌든 지금은 서둘러서 갈 곳이 없었다. 전화할 누구도 없었다. 누구에게도 이것을 말하지 않으리라. 누구에게도.

한 할아버지가 벤치에 앉아 체스 판을 손가락으로 가리키고 있었다. 할아버지는 양복 바지에 조끼를 입고, 마치 옛날 영화 속에서나 나올 듯한 모자를 쓰고 있었다. 할아버지가 손바닥을 부딪치자 그때야 메러디스는 또 다른 할아버지가 여왕 말을 옮기고 있는 것을 알아차렸다. 그러자 할아버지는 졸 하나를 들어 올려 체스 판 가장자리에 두었다. 그들 사이에는 어떤 편안함 같은 것이 있었다. 그들이 말할 때, 말은 잘 알아들을 수 없었지만, 그들의 웃음을 이해할 수 있었다.

벤치에 앉은 할아버지가 메러디스를 보았다. 할아버지는 모자를 벗어 고개를 까딱했다. 메러디스도 손을 재빨리 흔들어 주고 자갈길을 향해 걸었다. 지금은 어떤 친절함도, 비록 작은 거라 할지라도 위험했다.

자갈길에서 푹신한 풀밭으로 발을 옮길 때, 다리가 무겁게 느껴졌다. 메러디스는 자신을 안아 주는 샘을 생각했다. 아무래도 자신의 체중을 재어 봐야겠다.

한 발짝 그리고 한 발짝. 우리가 걷는 방식이다. 단지 계속해야 되는 것을 스스로 상기시켜야 했다. 걷고 생각하지 말자. 그것에 대해 생각하지 말자. 조던이 한 말을 생각하지 말자. 반복해서 그 말을 재생시키지 말자. 그 말을 자리 잡게 하지 말자.

하지만 효과가 없었다. 메러디스는 어느덧 조던의 말에 리듬을 타며 걷고 있는 자신을 발견했다.

"근데 너희들 아직 메러디스한테는 말하지 않을 수 있지? 단지 말이야. 너희도 메러디스가 어떤지 알잖아. 어떤 것도 개한테는 진지하지 않아. 모든 것이 다 농담이라고. 그래서 난 이번은 그렇게 되지 말았으면 하는 거고. 알았지?"

그들은 자신의 앞뒤를 그리고 속과 겉을 다 안다고 생각했다. 하지만 그들은 그렇게 생각했을 뿐, 알지 못했다. 그들은 자신을 이용하고 있었던 것이다. 자신은 단지 그들이 함께 웃는 존재였다. 그들을 즐겁게 해 주며, 웃겨 주는 존재. 그래서 웃겨 주었을 때에만 좋은 것이었다.

최소한 지금은 그들이 자신을 차단하고 있다는 것을 알았다. 그들은 메러디스가 비밀을 지킬 수 없다고 생각했다. 그 모든 것이 메러디스에게는 하나의 농담이었다. 그래, 맞는 말이었다.

뒷마당에 보조 열쇠가 있었다. 지난밤 비로 질척질척해진 오빠의 개구멍 속에 숨겨 있었다. 메러디스는 집에 들어가 여기저기를 서성거렸다. 복도에 있는 자동응답기의 불빛이 깜박거리고 있었다. 버튼을 눌렀다.

"정각 2시 학교 사무실의 론다입니다. 메러디스가 점심시간 이후 학교에 돌아오지 않았어요. 가능한 빨리 저에게 전화해 주시겠어요? 아버님 회사로도 전화드리겠습니다."

메러디스가 손에 머리를 올려놓았다. 2시 30분이었다.

지금쯤이면 아빠에게 연락이 닿았을 것이다. 걱정할 텐데……. 어떤 변명거리를 찾아야 했다. 아빠는 여러 가지 샘플을 가지고 있기에 여간해서는 통하지 않을 것이다. 아빠한테 전화를 해야 했다. 말할 것을 생각해야 한다.

메러디스는 이미 마음속에 준비해 놓은 것이 있었다. 화나 슬픔을 때때로 밀어 넣으면서.

메러디스는 이 문제를 신체적인 것에서 비롯된 것으로 만들면 아빠는 그냥 받아들이게 될 것이라는 생각을 해냈다. 심한 생리통과 넘치는 생리혈 때문에, 그만 학교에 알려야 하는 것을 잊고 나왔다고 할 것이다. 이것이 아빠를 모든 복잡한 감정에서 구해 줄 것이다. 그리고 자신 또한……

그럼에도 메러디스는 아빠가 현관문을 여는 소리에는 준비가 되어 있지 않았다. 너무 일렀다.

"메러디스? 맙소사! 무슨 일이니? 매우 안 좋아 보이는구나. 애야, 뭐니? 무슨 일이 일어난 거니?"

무엇이 일어났을까? 무엇이 일어났을까? 조던이 매우 특별한 것을 자신에게 털어놓기를 원하지 않았다. 왜냐하면 조던은 메러디스가 그것을 가지고 장난을 칠 거라고 생각했기 때문에. 그리고 무서운 것은…… 정말 무서운 것은…… 자신은 그것을 가지고 장난을 쳤을 거라는 사실이었다.

"메러디스? 아가야, 아빠에게 말해 봐."

"나, 그 여자가 미워요."

메러디스는 어디서 그런 말이 나왔는지 알 수 없었다. 더이상 가지 않겠다고 생각했던 어느 지점. 하지만 그곳에 있었다. 그리고 거기에 그녀가 있었다. 여전히 그들의 부엌에서, 손잡이가 뼈로 된 칼들과 여러 다른 나라의 기념품 스푼과 함께 존재했다. 그들이 숨 쉬었던 허공에서, 그녀가 꽃병을 집어 던져 생긴 벽의 커다랗게 파인 부분에서, 그리고 그들 삶에 새겨진 그 커다란 부분에서.

"나, 그 여자가 미워요. 그 여자는 여기 있어야 해요! 어떻게 엄마가 딸이 여자가 되었는데 여기 없을 수가 있어요? 어떻게 엄마가 그냥 떠나가서 다시는 뒤돌아보지 않고…… 자신의 딸이 그렇게 맛이 가서 모든 상처 때문에…… 심지어 친구들조차 아무도 얘기하고 싶어 하지 않는 아이가 됐는데도 말이에요."

메러디스는 한 번도 아빠 앞에서 이처럼 말한 적이 없었다. 아빠는 움찔했지만 뭐라 항변할 수 없었다.

아빠가 메러디스를 가까이 당겼을 때, 메러디스는 흐느끼며 고통스러워했다. 아빠가 메러디스가 어렸을 때 해 주었던 것처럼 메러디스의 머리를 쓸어내렸다. 메러디스는 아빠의 얼굴을 쳐다보지 않았지만 아빠의 미간이 찡그려지고, 눈은 슬퍼졌음을 느낄 수 있었다. 그리고 자신이 이 모든 문제를 일으켰다는 것도.

메러디스는 죄의식을 느꼈다. 이렇게 행동하지 말았어야

했다.

하지만 이렇게 행동하고 있었고, 영원히 울지 않을 줄 알
았는데, 지금의 눈물은 절대 멈추지 않을 것만 같았다.

"괜찮다, 메러디스. 그냥 화를 내렴."

아빠가 마침내 말했다. 목소리가 놀랍게도 강건했다.

"넌 화낼 수 있다. 항상 강할 필요 없다. 이 모든 고통을 덮
을 필요도 없다."

메러디스가 계속 울었다. 목이 아프게, 그리고 콧물을 흘
리면서…….

전화벨이 울리고 또 울렸다. 먼저 샘의 목소리였다. 샘의
목소리를 들으니 말 내용을 듣지 않고도 위로가 되었다. 하
지만 말이 귀에 들어오지는 않았다.

그리고 조던의 목소리가, 그리고 리의 목소리가, 그 다음
세실리아의 목소리가 흘러나왔다.

그들이 모두 자신에게 전화를 걸고 있었다. 자신의 친구들
이. 그리고 메러디스도 그들에게 말하고 싶었다. 하지만 아
직 아니었고, 지금 당장은 아니었다. 자신도 그들에게 설명
을 하고 자신이 변할 수 있게 그들이 도와주기를 바랐다. 더
이상 이 모든 것들을 감당할 수 없을 것 같았다. 가볍게 만

들기에는 너무 무거웠다.

울음을 그쳤을 때, 빈껍데기가 된 것 같았다. 하지만 가슴 속의 커다란 바위는 사라지고, 대신 더 많은 공간이 내면에 자리 잡은 것 같았다.

아빠는 차를 끓인 다음, 그녀의 기념품 중 하나인 스푼으로 설탕을 저었다. 풍차를 배경으로 나막신을 신은 덴마크 소녀가 그려진 것이었다. 그 소녀의 양 갈래로 땋아 내린 노란 머리는 비스듬한 물음표 같았다.

"이제……."

아빠가 차분하게 물었다.

"무슨 일인지 나에게 말해 주고 싶지 않니? 있는 그대로 모조리 다?"


드라마는 원래 선택과목이었다. 그런데 나는 나머지 선택 과목들이 다 채워진 다음에 이 학교로 왔기 때문에 어쩔 수 없이 드라마를 선택하게 되었다. 나는 드라마가 싫었다. 너무 드러내고, 너무 삶과 같았다. 다른 과목들은 좋았다.

나는 책으로는 똑똑한데, 실제 생활에서는 멍청하다라는 말을 들었다. 나에게 많은 말이 주어졌는데 모든 말이 좋은 것은 아니었다.

오늘은 신뢰 게임(상대가 넘어지면 또 다른 상대가 받아 주는 게임-옮긴이)이었다. 내가 어떤 것을 신경 쓸 때, 나쁜 것은 더 나빠져 간다. 나의 피부는 축축해지기 시작하고, 나의 심장박동은 빨라진다. 가망은 없을지라도 내가 생각한대로 이루어지지 않기를 실낱같은 희망을 걸어 본다.

드라마 선생님은 이것이 나에게는 최악의 악몽과 같은 것이라고는 느끼지 않는 것일까? 아마도 그것이 그가 얻으려 하는 것일까? 혹시 그는 나의 축축한 피부, 나의 창백하고 걱정스런 얼굴을 즐기는 것일까?

"좋아, 둘씩 짝을 지어 해 보자. 자신과 비슷한 크기의 사람을 찾도록."

나는 더 알아야 한다. 하지만 이런 종류의 상황에서 결과에 무덤덤해질 수 있는 데에는 나름 오랜 시간이 걸렸다. 뚱뚱할 때, 기대 없이 무감각해질 수 있는 방어기제를 찾는 것은 쉽다. 어쨌든 그거라도 쉬어야 한다. 그런데 왜 아직도 멍청하게 희미하게 빛나는 작은 희망이 보이는 거지? 아마도…… 아마 이번에는 달라지는 것일까? 왜 내가 그렇게 될 수 없는 장황한 증거를 가지고 있을 때, 왜 이런 생각이 든

단 말인가?

나는 나 자신에게 바라는 마음을 멈추고 미련을 버릴 것을 상기시켜야 한다. 나는 내 안에서 생생히 살아 있고, 다시 보기 준비가 되어 있는 최근의 기억들 중 하나를 꺼낸다.

라라가 자신이 있는 곳에 와 달라고 해서 너는 기분이 좋았지. 그것은 함께할 준비가 된 거니까. 그것은 함께 클럽에 갈 새로운 친구가 생긴 거니까. 그리고 그것은 검은 스키니 진과 배기 스타일 티셔츠와 벨트 세트를 가질 수 있다는 거니까.

"나는 머리를 이렇게 할 거야."

라라가 말했다. 그리고 보여 주기 위해 손에 고무줄을 걸었다. 윗부분은 헝클어뜨리고, 머리를 두 가닥으로 땋아 내려뜨렸다.

라라가 말할 때, 너는 매우 긴장이 되었지. 그 머리 스타일은 소위 '애비'라고 일컫는 잘나가는 여자애들 것이었고, 그들은 할 수 있다면 그것에 대한 특허라도 내고 싶어 했었지. 그럼에도 너는 어떤 말도 하지 못했어. 너는 라라에게 보기 좋다고 말했지. 어쨌든 약물 몇 모금에 그런 긴장 따위는 잊

어버렸지. 라라는 너의 친구였고 그것이 얼마나 좋은 것이
란 말인가?

학교를 여러 번 옮기는 것은 어려운 일이었어. 그건 너의
선택이 아니었지. 아빠의 직업 때문이었지. 하지만 그곳이
그곳이었지. 친구가 늘 없었지. 하지만 이번에는 운이 좋았
어. 라라가 너를 선택해 주었으니까. 너는 거의 밀착되었지.

"여기."

라라가 말했다.

"이것을 네 가방에 넣어 줄래? 나는 가지고 가지 않을래.
약간의 현금이야."

또 한 번의 약물을 한 모금 한 이후 너는 킬킬거렸지. 맛이
괴상했지만 점점 적응이 되었어. 너는 나가기 전에 거울을
바라보고 자신을 향해 씩 웃었지. 엄마가 마침내 새 청바지
를 사 주기로 해서 행복했지. 청바지는 확실히 멋졌고 너를
날씬하게 보이게 해 주었지. 너의 다리에 꽉 끼어서.


아이들이 이리저리 움직였다. 세실리아, 잭과 조던이 드라
마 수업에서 가장 빛나는 아이들이었다. 잭이 조던 가까이
로 움직였다. 조던이 눈동자를 굴리며 잭의 머리를 손으로

가볍게 툭툭 쳤다.

"여러분, 진지하게 임해 줘요."

선생님이 야단쳤다.

"그리고 너는 조던에 비해 너무 크다."

선생님이 잭에게 말했다. 아이들이 그 말을 성적 뉘앙스로 받아들이며 장난치자, 선생님은 팔짱을 끼었다. 나는 잭이 발을 질질 끌며 루크에게로 아주 천천히 걸어가는 것을 보았다. 작은 반항처럼 보였다. 조던과 잭이 짝이 되는 것은, 주목하지 않을 수 없다. 신과 여신처럼…….


"아빠앙. 주운비."

라라가 외쳤다. 그리고 너는 입에 페퍼민트를 물고, 라라 아빠의 매끈한 BMW 뒷좌석에 앉아 있음을 깨닫는다. 너는 마치 하늘을 나는 것처럼 환상적인 기분이었지. 그리고 라라의 아빠는 매우 웃겼지. 마치 운전기사처럼 라라를 위해 문을 열어 준 다음, 너를 위해 문을 열어 주었지. 특히 라라가 당황하면서 아빠의 팔을 잡아당겨 운전석에 밀어 넣는 것이 너무 웃겼지.

너는 복도에서 음악이 쿵쾅거리는 것을 들을 수 있었지.

차가 주차장에서 나오자마자, 라라가 너의 가방 안에 손을 넣었어. 그리고 취하지 않을 정도로 약물을 들이켰어.

돈을 내자 손에 도장이 찍히고, 둘은 홀로 함께 들어갔어. 춤추는 사람이 아직 몇 명 없었지만, 회전등이 무대를 비추고 있었지. 대부분의 아이들은 손에 컵을 들고 서로의 귀에 대고 뭔가를 외치며 주변에 서 있었지.

구석에 멋지게 보이는 애비들이 서 있었어. 너무나도 멋졌지. 사실 그 무리에서 진짜 애비는 단 둘이었어. 한 명은 금발이었고 또 한 명은 흙갈색 머리였지. 나머지 세 명은 명예 회원격이었지.

라라가 그들에게 걸어갔고, 너도 그 뒤를 따랐지. 너는 음악이 매우 시끄러운 것이 맘에 들었어. 너는 아무 말도 할 필요가 없었지. 전에 시도는 했었지만 그들은 항상 그들끼리만 쳐다보았지. 눈썹을 추켜세우며, 네가 하는 어떤 것도 다 창피한 것같이 굴었지. 아마도 그들에게 좀 더 시간을 주어야 했을까?

다소 더 많은 노력으로 라라가 그 금발 애비와 대화를 나누는 것 같았다. 그 금발 애비가 틀림없이 말할 무언가를 발견한 것이 틀림없었다. 금발 애비가 무언가를 라라의 귀에 대고 소리치자, 라라가 자신의 땋은 머리를 풀러 버렸어.

　다음 곡은 '승리자'였지. 사람들의 엉덩이가 무대 위에서 흔들거렸어. 너도 역시 흔들었지. 왜냐하면 너는 혼자만 남겨지는 것을 원치 않았으니까. 너는 네가 커다란 원 안에 둘러싸여 있는 것을 인식했어. 남자, 여자, 남자, 여자 원이었지. 많은 비틀거림과 많은 웃음이 있었어. 그리고 누구도 그리 잘 추지 않았기에, 너는 네가 어떻게 보이는지 걱정하지 않아도 되었지. 제때 발을 내밀고, 어깨동무를 하고 추었지. 어쨌든, 회전등이 네가 춤을 잘 추지 못한다는 사실을 친절히 감싸 주었어. 회전등이 비출 때 모든 움직임이 느린 동작으로 바뀌는 것을 바라보는 것은 이상하면서 재미있었어.

　그때까지 모두가 춤을 추고 있었지. 네가 멈춘 유일한 때는 화장실에 가는 시간이었어. 너와 라라는 화장실에서 약물을 보충하고, 입술에 립글로스를 덧칠한 다음 군중들 속으로 다시 뛰어들었지.

　느린 곡이 흘러나왔어. 그것은 너를 위한 곡이 아니었어. 너도 그것을 알고 있었지. 너도 그것을 알고 있어야 했지.


　아이들이 짝을 짓는 데에는 시간이 한참 걸렸다. 나는 드라마 반 속에서 이리저리 표류했다.

　나는 세실리아가 보니 쪽으로 이동되는 것을 바라보았다. 그러고는 보니가 웃음을 터뜨리며 세실리아를 케이트에게 다시 가게 하는 것을 쳐다보았다. 보니는 세실리아 몸집의 두 배였다. 세실리아가 자신의 우아한 발레 워킹으로 케이트에게 걸어갈 때, 혼란스러운 표정이었다. 세실리아의 작고 앙증맞은 체구가 또 하나의 작고 앙증맞은 체구 옆에 놓였다. 나는 세실리아의 첫 번째 선택이 의아했다. 그러고는 뭔가 마음속에서 딸깍 움직였다. 세실리아에게 뭔가 문제가 있다는 직감이었다.


　회전등이 느린 노래에 맞추어 꺼졌다. 지금은 오직 디제이 부스에서 나오는 은은한 초록색 빛줄기뿐이었지. 많은 사람들이 커플을 이루었어. 어깨 위에, 그리고 엉덩이 위에 얹어진 손들이 보였어. 커플들 중 몇몇은 키스를 하고 있었어. 너는 홀 가장자리의 의자로 돌아가려 했지. 그때 누군가의 손이 뒤에서 너의 엉덩이를 터치하는 것이 느껴졌어.

　네가 뒤돌았을 때, 너는 믿을 수가 없었어. 헥터가 너와 춤을 추고 있었던 거야. 너를 터치하며. 그의 팔이 너의 허리를 감싸면서 엄지손가락을 너의 빨간 벨트 밑으로 밀어 넣었어. 너는 그에게 딸려 갔지.

헥터가 흔들릴 때, 너도 흔들렸어. 모든 동작이 너를 그에게 더욱 밀착시켰어. 네가 그를 밀어낼 때까지, 너의 가슴과 그의 가슴이, 얼굴이 닿았고, 뺨과 뺨이 닿았지. 그에게 매우 좋은 향이 났어. 애프터셰이브 로션(면도 후 바르는 화장수- 옮긴이)과 비누 그리고 그의 체취였지.

노래가 끝나자 너는 이제 끝났다고 생각했지. 하지만 그는 무대를 떠나지 않았어. 그는 아직도 너를 팔에 안고, 너도 계속 그렇게 서 있었지. 이런 일이 이제까지 너에게 일어난 적은 한 번도 없었어. 너는 숨도 제대로 쉴 수가 없었어. 아니, 사실 거의 그러고 싶지 않았어. 숨을 쉬면 시간을 세게 되고, 움직임을 재촉하게 되는 것 같았어. 너는 느리게 느리게 가기를 원했으니까.

헥터가 그의 머리를 조금 기울였고, 너는 머리를 위로 조금 올렸어. 그리고 너의 입술이…… 입술이 그의 입술에 다가갔지. 오, 맙소사.

그런데 갑자기 그가 휙 뒤로 물러났어. 그러고는 이런 말을 했어. 네가 앞으로 절대 잊을 수 없는 말이었지.

발걸음 소리가 들렸다. 나는 감았던 눈을 떴다. 드라마 선생님이 내 옆으로 오자, 나는 한 걸음 뒤로 물러났다. 다른 모든 아이들은 짝을 지었다.

"떨어지는 사람은 똑바로 서서, 다리를 함께 모으고, 손을 교차해서 가슴에 대 보도록."

선생님은 그 자세를 시범해 보였다.

"궁둥이를 바짝 세우고, 몸을 차렷해."

선생님은 이것이 웃음을 끌어낼 거란 걸 알았다. 그리고 웃음이 지나가는 것을 기다렸다.

"짝을 받아 주는 사람은 한쪽 다리를 나머지 다리 앞에 두고……."

선생님이 계속 말했다.

"팔은 쭉 펴서 다리의 균형을 잡고 몸무게를 지탱해야 해. 떨어지는 사람은 이렇게 말한다. '나는 떨어질 준비가 되었어요. 나를 잡아 줄 준비가 되었나요?' 그럼 받는 사람은 말해야 해. '나는 당신을 잡아 줄 준비가 되었어요.'라고. 대사는 똑바로 해야 한다."


"음, 이건 고맙지만 아니야. 나는 단지 춤을 추고 있었어.

정말로, 단지 춤을 추고 있었는데."

불편한 기색으로 헥터가 말했다.

너는 순간 빠르게 제정신이 되었지. 따뜻하고 몽롱한 감정이 차가운 현실로 빨려 나갔다. 거의 최악의 순간이었지. 그는 계속 너의 허리를 잡고, 계속 춤을 추고 있었어. 마치 아무 일도 아니라는 듯. 하지만 전처럼 가까이 잡지는 않았지. 너는 노래가 제발 빨리 끝나기를 바라고 바랐지.

그 뒤에 너는 라라를 찾았어. 하지만 아무 데도 없었지. 다시 커다란 원이 만들어진 무대 위에도 없었고, 홀 구석에도 없었어. 화장실에 줄이 늘어서 있어서 너도 섰지. 무슨 소리가 들렸을 때, 너는 바로 그 문 뒤에 있었어. 라라의 음성이었어. 너의 친구의 목소리였지.

"그러고 나서, 걔가 부딪혀 보겠다고 몸을 갖다 대더군."

"안 돼~!"

꺄악 하는 애비의 목소리였다. 너는 그것이 그 금발 애비라는 것을 알 수 있었지. 왜냐하면 항상 말을 질질 늘여서 하는 여자아이들 중 하나였으니까.

"이제 봐 봐. 헥터는 다시는 그렇게 못생긴 애한테는 절대 옆에 가지 않을 거라고."

다른 애비들도 목이 갈라져라 웃어 젖혔다. 지금까지 농담 중 최고였다. 라라의 웃음도 그 안에 있었다. 너는 반쯤 열린 문틈으로 보이는 거울 속에서 그들의 히죽거림을 볼 수 있었다. 라라의 머리 스타일이 다시 원래대로 돌아와 있었다. 윗부분은 헝클어지고, 양 갈래로 땋아 내린 머리였지.


"그러면 나는 오늘 너의 파트너가 될 거란다!"

드라마 선생님의 목소리가 인위적으로 밝게 들렸다.

나는 고개를 끄덕이며 이를 악물었다.

교실을 울리며, 질문과 답을 주고받았다.

"나는 떨어질 준비가 되었어요. 나를 잡아 줄 준비가 되었나요?"

"나는 당신을 잡아 줄 준비가 되었어요."

신뢰 게임 연습이었다.

선생님은 내가 드라마 수업에서 빠지고 싶다고 할 때, 반대하지 않을 것이다.

잭은 닳아서 잘 닦인 길을 걷고 있었다. 구내식당에서 시작되서 원형 축구 경기장 아래까지 나 있는 길이었다. 덤불 사이의 틈은 '연인들의 둥지'가 되었다. 그들 이전의 수많은 연인들이 붙인 이름이겠지.

1년 전에 타일라와도 비슷한 일이 있었다. 잭이 타일라에게 데이트 신청을 하기 위해 이곳에 데려왔었다. 타일라의 대답에는 정말 많은 것들이 약속되어 있었다. 타일라는 잭에게 너무 많은 신호를 보냈고, 너무 많은 전달자를 보내 확인시켰다. 그렇게 타일라는 아주 많이 좋아했다.

그러나 이번은, 이번은 달랐다. 잭의 심장이 크게 움직이고 있었다. 이번에는, 기계적으로 움직이려 하지 않았다.

그 아파트에서 첫날 조던을 만나게 된 뒤로, 그들 사이의 무언가가 바뀌었다. 그들은 전에는 친구였지만, 그렇게 가까운 사이는 아니었다. 그저 무리 중 하나였을 뿐이었다.

그러나 그 모든 수요일들이 쌓이면서 큰 변화가 일어났다. 잭은 조던을 매우 다르게 보기 시작했다. 조던이 감추려고 노력하는 슬픔을 보았다. 그 슬픔이 조던의 갈색 눈동자 속에 깊숙이 들어 있음을 보았다. 잭은 조던에게서 부모님의 결별을 굳세게 이겨 내려는 의지를 보았다. 그리고 조던은 강했다. 정말 강했다. 최소한 겉으로는.

하지만 잭은 앞으로도 조던이 무엇을 헤쳐 나가야 하는지 역시 잘 알고 있었다. 잭은 자신이 조던에게 도움이 되는지 궁금했다. 단지 옆에 있어 주는 것 외에 해 준 일이 많지 않은 것 같았다. 수많은 밤에, 침대에 누워, 몇 개의 별들을 품은 조그만 창문을 응시하며, 잭은 조던을 생각했다. 뒤로 비밀을 간직한 조던의 갈색 눈동자를 생각했다. 조던이 머리를 흔들 때, 어깨에 찰랑거리는 짙은 머리카락을 생각했다. 조던을 생각했다.

잭이 모두가 추측한 대로 드라마 수업 시간에 농담을 하려고 했었던 것은 아니었다. 정말로 신뢰 게임 연습에서 조던의 파트너가 되고 싶었다. 잭은 비슷한 체구의 사람을 고르라는 선생님의 지시 사항을 조금 무시했다. 단지 조던을 잡고 싶었기 때문이다.

"어디로 나를 데리고 가는 거야, 잭 델란티?"

조던이 물었다. 조던의 음성은 자연스러웠다. 조던은 자연스러운 것에 능했다. 그것이 잭의 심장을 더 뛰게 만들었다.

잭이 나뭇가지 하나를 들어 조던을 그 사이로 지나가게 해 주었다.

조던이 잭을 뒤돌아보았을 때, 조던의 눈썹이 올라가 있었다. 그것이 조던식의 물음표라는 것을 잭은 알 수 있었다. 조던은 자신만의 완전한 언어를 가지고 있었다. 잭은 그것에 초보자였지만, 번역하는 법을 익히고 있었다.

조던이 종아리가 긁히자 하얀 양말을 쭉 올려서 신었다. 햇볕에 탄 다리가 부드러워 보였다. 잭은 조던의 긁힌 자국을 만지고 싶은 충동을 느꼈지만, 그렇게 하지 않았다.

"음, 거의 다 왔어."

지난밤, 창문 밖 밤하늘을 바라보며, 잭은 계획을 짰다. 거의 잠을 이룰 수가 없었다. 잭은 창피하지는 않았다, 그때는. 잭은 확신했다. 조던을 '연인들의 둥지'로 데리고 갈 것이다. 그리고 여자 친구가 되어 달라며 데이트 신청을 할 것이다. 조던은 받아 줄 것이다. 그럼 조던에게 키스를 해야지. 매우 간단하게 느껴졌다.

"어, 나 이 장소 들어 본 적 있어. '연인들의 둥지'라고……. 그렇지?"

조던이 물었다.

잭은 조던의 질문에 어떻게 대답해야 할지 순간 당황했다.

"네가 타일라를 데려온 곳이 여기 아니야? 데이트 신청하려고?"

잭의 흔들리는 심장이 자갈길 위로 탕 하고 내려앉았다.

이건 달랐다. 매우 달랐다. 타일라는 멋졌지만 그것이 다였다. 잭은 키가 크고 금발인 타일라와 한동안 데이트를 했다. 하지만 타일라에게는 이런 느낌을 받은 적이 없었다. 타일라는 충분이 훌륭했지만, 둘 사이에 많은 것이 없었다. 잭이 타일라와 헤어졌을 때, 타일라는 울었다. 잭도 함께 슬픔을 느끼려고 노력했다. 타일라는 잭의 감정 주의를 빙빙 돌았다. 하지만 조던은 바로 침입해 들어왔다.

잭이 얼마나 멍청한가? 조던은 잭이 반복하고 있다고 생각했다.

잭은 도대체 무엇을 생각하고 있었단 말인가? 밤하늘의

별이 지난번과 똑같은 쓰레기 계획이나 잡는 데 필요했단 말인가? 신이여!

하지만 조던은 어려웠다. 만일 샘의 메러디스와 같았다면 훨씬 쉬웠을 텐데. 행운아 샘은 이런 과정을 겪지 않아도 되었을 텐데. 메러디스는 단지 걸어와서 모두가 있는 앞에서 샘에게 키스했다. 그리고 그것으로 끝이었다. 그들은 짝이 되었다.

조던을 몰아세워 키스를 받아 내는 것을 생각하니 웃기는 일 같았다. 잭은 너무나 많은 것을 알지 못했지만, 그런 일은 결코 일어나지 않을 거란 것은 알 수 있었다.

그들이 도착했다. '연인들의 둥지'라는 글자가 담배꽁초로 쓰여 있었다. 버려진 맥주 깡통이 여기저기 널려 있었다. 잭은 모든 담배꽁초와 맥주 깡통에 책임감이 느껴졌다. 이런 너저분한 곳에 조던을 데려오다니.

조던이 쭈그리고 앉아 빈 깡통을 하나 주워 고리를 툭 떼어 냈다. 그리고 잭에게 내밀었다.

"너에게 주고 싶어, 잭."

조던이 말했다.

잭이 반지를 받았다. 잭은 웃고 싶었지만, 조던이 농담을

하는 것인지 아니면 진지한 것인지, 혹은 그 둘 다인지 알
수 없었다. 잭은 이것을 번역해 낼 수 없었다.

침묵이 흘렀다. 긴 침묵이었다. 잭은 어떻게 이 긴 침묵을
채울지 고민했다.

"만약 네가 나에게 질문을 했다면……."

조던이 말을 꺼내며 잭의 눈을 똑바로 쳐다보았다. 그리고
잭의 시선을 오랫동안 잡고 있었다. 그렇게 10초가 훨씬 지
났을까.

"내 대답은 예스야."

잭이 미소 지었다. 비로소 숨을 쉬었다. 떨어졌던 심장이
다시 올라가는 기분이었다. 잭이 다른 빈 깡통에서 고리를
당겨 조던의 손가락에 끼어 주었다.

조던이 잭에게 기대며 웃었다. 조던의 숨결이 잭의 목 주
변에서 느껴졌다.

"내가 질문했던 것으로 하자."

잭이 말했다.

"내가 대답한 것으로 하자."

마치 늘 그래 왔던 것처럼 키스를 했다. 그리고 그것은 영
원히 그렇게 좋을 것만 같았다.

타일라와는 기계적이었다. 입술은 여기에, 손은 저기에. 그때도 물론 잭의 몸은 반응을 했었다. 하지만 이번과는 달랐다. 결코 이번과는 달랐다.

심판이 공중에 공을 던져 올렸는데도 잭은 거기에 없었다. 잭은 조던의 샴푸 향기를 맡았다. 조던을 팔로 감싸 안고 자신의 가슴에 몸을 기댄 조던을 느꼈다. 잭은 몸이 아닌 마음으로 슬램덩크를 해야 했다. 잭이 다시 농구 게임에 몸을 옮겼다.

조던이 벤치로 자리를 옮겼다. 자신의 가방을 휘저어 사과 하나를 꺼냈다. 잭에게 살짝 엷은 미소를 보냈다. 조던이 지은 살짝 엷은 미소는 어떤 키스보다도 강력했다.

타일라는 잭이 게임을 할 때, 입김을 불어 주었다.

잭은 예전의 자신, 조던이 없을 때의 자신의 모습을 브론코에게서 볼 수 있었다. 브론코는 바로 잭의 뒤에서 중요 포지션을 맡았다. 잭은 브론코에게서 강한 투지를 보았다. 브론코는 눈은 집중하느라 가늘게 뜨고, 손은 아래로 내리고 있었다. 그때 잭에게 예상치 못한 바운드패스(같은 편의 선수에게 공을 바닥에 튕기어 넘기는 일-옮긴이)가 있었다. 피벗(한 발을 축으로 하여 회전하는 일-옮긴이)과 골의 순간이었다. 그러자 브론코가 벌써 달려오고 있었고 그의 방어가 공격만큼이나 위력적이었다.

잭이 머리를 흔들었다. 잭은 경기의 흐름을 파악하고 있어야 했다. 예상하고 있어야 했다.

코치 선생님이 타임아웃 사인을 했다. 그리고 모든 선수를 불러 모았지만 잭에게만 이야기했다.

"잭, 집중해야 해. 스카우터가 저기 있다고. 그런데 넌 지금 게임에 전념을 못하고 있어. 넌 세 개의 리바운드를 잡아내려 했지만, 두 개는 브론코가 잡아 냈다고."

잭이 입술을 깨물었다. 잭이 자신의 음료수 병을 벌컥벌컥 들이마시고 타월로 이마에 흐르는 땀을 닦았다. 코치 선생님이 다른 모든 선수가 앉아 있는 벤치로부터 잭을 다른 곳으로 끌고 갔다. 그리고 손을 잭의 어깨에 얹고 조던 쪽을 바라보았다.

"저길 봐, 사랑스런 여자 친구군. 한눈에 왜 네가 홀딱 빠졌는지 알 수 있겠어. 하지만 이건 정말 모든 것이 걸려 있는 경기야. 이번이 스카우터에게 인상을 남길 수 있는 농구 경기라고. 이것 때문에 우리가 그렇게 힘들게 훈련을 해 왔잖아. 나는 네가 준비가 되어 있다는 걸 알아. 넌 단지 그것을 저 사람에게 증명시키기만 하면 되는 거라고.”

코치 선생님이 슬쩍 스카우터 쪽을 쳐다보다 다시 잭을 바라보았다. 코치 선생님이 웃으며 잭에게 윙크를 날리며 말했다.

“내 생각에 조던에게 몇 가지 심부름을 시켜야겠어. 팸 선생님이 오렌지 껍질 까는 데 도움이 좀 필요한 것 같던데, 오케이?”

코치 선생님 말이 맞았다. NBL에서 파견된 저 스카우터가 벤치 바로 맞은편에 앉아서 메모를 하며, 엘리트 선수단에서 키울 아이들을 고르고 있다. 이번 경기가 바로 그것을 공개적으로 평가받을 수 있는 기회였고, 잭이 가장 기대주였다. 하지만 잭은 마치 그것을 몹시 원하지 않는 것처럼, 미국 팀에서 뛸 생각이 없는 것처럼 행동했다.

하지만 그것은 진실이 아니었다. 잭은 원했다. 잭은 시간, 에너지, 노력을 쏟아 열심히 연습해 왔다. 그리고 코치 선생님은 잭에게 기술을 닦을 수 있는 농구 숙제까지 내 주었다. 농구는 잭의 인생이었다. 잭의 부모님이 헤어졌을 때, 실력이 주춤하기도 했다. 하지만 인생이 선사한 그 모든 쓰레기 때문에 방황할 때도, 농구는 잭에게 혼돈 대신 규칙이 되어 주었다. 잭을 제정신으로 지켜 준 것이다.

심판이 호루라기를 불었다. 잭이 이번 시즌에서 얻은 부상 때문에 붙인 뒷다리 밴드에도 적응이 되었다. 다시 코트로 뛰어가면서 관중석 벤치를 올려다보았다. 조던이 사라졌다.

코치 선생님의 아들인 티자가 드리블했다. 키가 작았지만 민첩했다. 공을 방어하기 위해 다시 아래로 공을 팅기며 방향을 바꿨다. 그러자 수비수를 따돌릴 수 있었다.

잭이 공을 잡을 좋은 기회였다. 잭은 자신의 3초를 이용하여 볼을 잡아 한 골을 넣었다. 훨씬 나아졌다.

잭이 스카우터를 휙 쳐다보았다. 뭔가를 갈겨쓰고 있었다. 잭은 그가 티자 아니면 브론코 아니면 자신 중 누구에 대해 쓰고 있는지가 궁금했다.

경기가 끝나고 나서야 조던은 돌아왔다. 조던은 빨대로 음료수를 홀짝이고 있었다. 코치 선생님이 조던에게 엄지손가락을 들어 올리자, 조던이 코치 선생님에게 활짝 웃어 주는 모습을 잭이 보았다.

코치 선생님이 조던을 잠시 내보낸 것은 좋은 결정이었다. 왜냐하면 잭은 확실히 농구를 배신하고 있었으니까. 그것은 믿을 수 없는 기분이었다.


"코치 선생님이 내가 너의 경기를 보지 않기를 원한 것은 당연해. 너를 방해할 수 있으니까."

조던이 말했다.

"넌 경기장에서 대단한 영웅 같았어. 모두 '달려라, 잭! 리바운드 잭! 골, 잭!'을 외쳐 댔고, 난 구내식당 은신처 구멍으로 너를 보면서, 네가 로이스 레인 같은 선수처럼 느껴졌어. 잭, 듣고 있는 거야?"

잭이 눈을 굴렸다. 칭찬을 돌려서 하는 것이 참으로 조던답게 느껴졌다. 대단해 잭, 멋졌어 잭. 그것으로 모든 것이 끝났었는데.

잭이 조던에게 헤드록을 걸려고 했다.

잭은 조던을 원했다.

밤공기가 잭의 땀에 젖은 러닝셔츠에 부딪혔다. 추웠다. 잭이 모자 달린 후드티를 입었다.

"그렇지 않아, 조던. 우린 하나의 팀이야."

"델란티 팀이라?"

조던이 생각에 잠긴 듯 말했다.

조던은 잭이 바로 대답할 필요가 없다고 느끼게 했다. 조던은 잭을 느끼게 만들 수 있었다.

함께 걸으면서 잭이 손을 조던의 스웨터 밑으로 넣었다. 따뜻한 허리에 차가운 손이 느껴졌다. 조던이 옷으로 잭의 손을 눌렀다. 얼마나 차가운지에 대해서는 말을 하지 않았다. 조던이 말 대신 보여 주는 것들은 실제 조던이 했던 어떤 말보다도 마음을 사로잡았다. 타일라와의 대화에서는 타일라가 뭔가를 말하려 하고, 그리고 솔직히, 항상 잭은 다음에 무슨 말을 할지 알았기에, 자동 조정 장치의 스위치처럼 그냥 기다림의 문제였다. 타일라는 매우 일치했다. 하지만 조던은 매우 그렇지 않았다.

"얼마나 샘이 좋아하는 것 같아? 메러디스에 대해서 말하는 거야."

조던이 잭을 잡아당겨 뒤로 걸으며 물었다.

이상했다. 조던은 남에 대해 말하는 것을 좋아하는 여자아이가 아니었다. 이것은 말하기 좋아하는 타일라스러운 것에 더 가깝게 느껴졌다. 하지만 조던이기에 아마도 어떤 물어볼 실질적인 이유가 있을 것이다.

"음, 꽤 많이. 내가 생각하기에."

잭이 말했다.

조던이 진지해 보였다. 잭은 조던이 뭔가를 골똘히 생각할 때 머리를 한쪽으로 기울이는 모습이 매우 좋았다. 무슨 일인지 파악하려는 것 같았지만 잭은 이 문제에 대해서는 짐작초자 할 수 없었다.

"메러디스는 사실 보이는 것만큼 강하지 않아."

조던이 빠르게 말했다.

"모두가 그냥 그렇게 생각할 뿐이야. 샘이 진실로 메러디스를 좋아해야 할 것 같아. 왜냐하면 메러디스는 힘든 일을 많이 겪어 온 애야. 너 알았어?"

"아니, 전혀 몰랐어."

잭이 말했다.

"엄마가 떠나 버린 것과 관계가 있어. 메러디스가 나와 리 그리고 세실리아에게 어렵게 설명해 주었어. 내가 상처가 되는 말을 한 다음에……."

조던의 목소리가 흔들렸다.

조던이 어떤 말을 하든지 잭은 묵묵히 들어 줄 거란 걸 알 수 있었다.

"어쨌든."

조던이 말을 이어갔다.

"메러디스는 대처 방식으로 어떤 전략 같은 것을 세운 거야. 항상 웃기게 행동하는 것도 그런 것 중 하나이고, 자기 자신을 방어하기 위해 한 어떤 행동이지. 진짜로 원하는 것의 반대로 행동하는 것과 같아. 난 조금 이해가 돼. 왜냐하면 우리 모두도 가끔 그렇게 할 때가 있잖아, 안 그래?"

조던이 대답을 기다리며 걸음을 멈췄다. 하지만 잭은 완전히 이해할 수는 없었다.

"잭, 샘이 메러디스에 대해 뭐라고 말해?"

잭이 얼굴을 찡그렸다. 마치 자신이 우주에서 가장 형편없는 친구같이 느껴졌다. 조던은 자신의 친구에 관해 이 모든 것들을 분석하고 있는데, 잭은 샘과 메러디스에 관해 진지한 대화조차 나눈 적이 없었다. 잭이 샘을 몇 번 떠본 적은 있었지만 그건 분명 깊게 생각한 것은 아니었다.

가끔 잭은 상당히 구제불능이었다. 샘은 잭에게 조던에 관해 충고를 해 준 적이 있었다. 그리고 잭과 아빠와의 일도 이해해 주면서 다른 누구에게도 말하지 않았다. 샘은 충분히 그와 같은 것을 잭에게 기대할 만한 친구였다. 농구가 이 모든 것보다 쉬웠다.

"이것에 대해 걱정하지 마, 잭."

조던이 말했다.

"그냥 가끔 샘이 어떻게 느끼는지 물어봐 줘. 알았지? 그리고 아빠가 다음 주 수요일에 차 마시러 우리 집에 왔으면 한다고 해."

잭이 자신의 이상하면서, 사랑스런 여자 친구를 바라보았다. 그러고 나서 조던을 밀쳤다.

"이것이 내가 원하는 것의 반대야."

잭이 말했다.

조던은 원래 달리기를 잘하는 편이 아니었지만, 웃느라고 평소보다 훨씬 느렸다. 조던을 잡는 편이 쉬웠다. 어떤 면에서는.


"스카우트에 대해서 들은 것 없어?"

목공예 수업에서 세발탁자에 기대며 샘이 물었다.

잭이 대답하려 했을 때, 샘의 탕탕 치는 망치 소리 때문에 목소리를 높여야 했다.

"아니, 코치 선생님이 추측하길 곧 전화가 올 거래. 내일까지. 아니면 어떻게 해서든지 알아낼 거래."

샘이 고개를 들고 쳐다보았다. 망치질을 멈추었다.

"너의 영감님은 나타나셨니?"

잭이 머리를 흔들었다.


잭은 게임이 끝나고 아빠의 집으로 갔다. 일상적인 헛질이었다. 아빠는 이미 캔 맥주 여섯 개째를 마시고 있었다. 전자레인지용 인스턴트 저녁식사가 잭을 기다리고 있었다. 은박 포일에 담긴 엉성한 라자니아(이탈리아 요리로, 리본형의 파스타를 말한다.-옮긴이)를 반쯤 먹을 때까지, 잭은 오늘 있었던 중요한 농구 경기에 대해서는 아무것도 말하지 않았다. 심지어 이야기를 꺼낼 때에도, 한쪽 눈은 텔레비전을 보면서였다.

"오늘 저녁에 갈 수가 없었다."

아빠가 말했다.

"창고에서 야근을 좀 해야 했거든. 지금 잔돈푼이라도 벌어야지. 네 엄마가 나를 완전 빈털터리로 만들어 버렸으니."

잭이 식탁에서 일어났다. 아무 대꾸도 하지 않았다. 말하지 않는 것이 가장 좋은 방법이었다.

"그래, 그 여자애는 어떠니?"

잭이 포일 접시를 쓰레기통에 버릴 때, 아빠가 물었다.

"착한 편이냐?"

"조던이에요."

잭이 대답했다.

"충고 하나 해 줄까? 너무 진지하게 만나지는 마라. 밖에
서 만나고."

잭은 정말 충고 따위는 원치 않았다.

아빠가 또 하나의 캔 맥주를 열 때, 잭은 무선전화기를 자
신의 방으로 가져와 코치 선생님과 전화하며 농구 게임 얘
기를 오랫동안 되풀이하였다.

잭이 다시 거실에 나왔을 때, 아빠는 소파에 벌렁 누워 있
었다. 잭이 담요 한 장을 발가락 끝까지 덮어 주었다. 담요
에 쌓여 있는 아빠의 얼굴이 늙어 보였다. 감긴 눈꺼풀 안에
는 잭과 같은 파란 눈동자가 있었다.

잭은 눈동자 외에 자신이 아빠로부터 물려받은 것이 무엇
인지 궁금했다. 그리고 그 생각이 잭을 두려움에 떨게 했다.

얼마나 여러 번, 엄마가 아빠에게 무엇을 느끼는지를 물어
보았는가. 엄마는 아빠를 이해하려 노력했다. 하지만 텔레
비전 따위로 무시당했다.

아빠는 말을 필요 없는 쓰레기로 보는 것 같았다. 효과도 무시하고 부작용도 무시했다.

엄마는 아빠가 소파에 누워 텔레비전에 집중하는 것으로 철저히 차단되었다. 그럼에도 불구하고 엄마가 이제 끝났다고 말했을 때, 충격을 받았다. 아빠는 분노하고 몹시 불쾌해했다. 마치 배를 한 대 크게 얻어맞은 것처럼 허리를 굽혔다. 마치 아빠는 처음 듣는 말인 것처럼 행동했다.

물론, 엄마의 잘못이 있었다. 어쩌면 아빠의 잘못이 아닐 수도 있었다. 어쨌든 웃겼다. 아빠가 없는 엄마는 젊어 보였다. 훨씬 행복해 보였다.


"우리 집에서 네가 스카우트될 수 있는지 아닌지 내기를 했거든."

샘이 활짝 웃으며 말했다.

"근데 아무도 아니라고 말한 사람이 없었어."

잭이 웃었다. 샘이 잭의 기분을 좋게 만들어 주려고 노력하는 것이었다.

"샘, 저기 탁자 다리를 더 밀어야겠다."

잭이 말했다. 아마도 이것이 자신이 해 줄 수 있는 유일한 충고 같았다.

"너무 길어. 그래서 탁자가 흔들흔들한 거라고."

샘이 고개를 끄덕이며 그 문제의 다리를 구멍에서 빼어, 목공예 작업 탁자 위에 올려놓고 사포질을 했다. 잭이 샘의 옆구리를 팔꿈치로 살짝 찔렀다.

"메러디스를 얼마나 좋아해?"

샘이 머리를 숙이고 있어서 잭은 샘의 표정을 볼 수가 없었다.

"메러디스는 진짜 너한테 빠져 있어."

잭은 지금 어떤 것을 느낄 수 있었다. 샘이 고개를 들었을 때, 잭은 샘이 아랫입술을 깨물고 있는 것을 보았다. 하지만 어떤 미소가 거기에는 있었다. 샘이 새어 나오는 웃음을 없애려 노력했지만 어쩔 수가 없었다.

"진지한 대답을 원해?"

샘이 물었다.

"아니, 그냥 허튼소리야."

잭이 스치듯 말했다.


전화벨이 울렸을 때, 잭은 엄마 집에 있었다.

잭은 샤워를 하고 숙제를 했다. 텔레비전 속에서 동거인들이 일명 일기방(Diary room)에서 빅 브라더(Big Brother, 유명 현장 오락 프로그램-옮긴이)에게 울면서 간청했다. 마치 교통사고 현장을 보고 있는 것처럼. 잭은 시선을 뗄 수가 없었다. 국영 텔레비전으로 생생한 고통이 생중계되었다.

그녀는 빅 브라더 집에서 나오기를 원했다. 짧은 반바지를 입고 커다란 의자에서 울고 있었다. 잭은 도저히 믿을 수 없게 동그랗게 만들어진, 인공 가슴이 바람직한 결과를 가져올 수 없음을 느낄 수 있었다. 그녀는 마치 자신의 가슴이 자신을 어떤 식으로든 극적으로 구제해 줄 것처럼 끊임없이 만져 대고 있었다. 그녀는 자신의 외모로 사랑받고 받아들여지기를 원했다. 그녀는 잭에게 타일라를 연상시켰다.

마치 다른 또 하나의 종을 발견한 것처럼 조던이 그녀들과 얼마나 다른가를 생각하며 전율을 느꼈다.

"빅 브라더가 다시 한 번 생각해 보기를 제안합니다."

근원을 알 수 없는 목소리가 일기방에서 울려 퍼진다. 고통 속에서 그녀는 자신이 텔레비전 방송 중인지도 잊어버리는 것 같았다. 잭은 그 목소리에게 꺼지라고 말하고 싶었다.

"거기서 떠나 버려."

잭이 그 여자에게 소리쳤다. 갑자기 텔레비전 속 이야기가
너무나 실제처럼 느껴졌다.

때때로 우리는 그저 떠나야 할 때도 있다.

전화벨이 세 번째 울리고 있었다. 잭이 소리를 쫓아 복도
를 따라갔다. 엄마 방을 지나는데 엄마 방 욕실에서 샤워하
는 소리가 들렸다. 전화기가 받침대에 놓여 있는 법이 없었
다. 있어야 할 곳에 결코 있지 않았다. 세탁기 빨래 통 안에
산더미같이 쌓여 있는 수건들 밑에 전화기가 있었다.

"여보세요?"

드라이어 소리를 배경으로 잭이 전화를 받았다.

"잭이니? 롭 코치다. 롭 티스댈."

잭은 첫마디에 누군지 알 수 있었다. 코치 선생님이 이름
에 성까지 말할 필요가 없었다.

"잠깐만요."

잭이 전화기를 자신의 방으로 가져왔다. 앉을 자리가 필요
했다.

"녀석! 네가 해냈다! 네가 그 제기랄, 미국 팀에 가게 됐다
고!"

잭은 코치 선생님이 욕을 하는 것을 지금까지 들어 본 적

이 없었다. 어떠한 경기에서 막대한 스트레스를 받았다 해도 단 한 번도. 그런데 코치 선생님은 분명히 들떠 있었다. 하지만 잭은 어떠한 말조차 찾을 수가 없었다.

"그가 너와 사인을 할 거다. 그리고 브로코와도. 잭?"

잭의 몸에 짜릿한 전류가 흐르는 것 같았다. 잭이 기쁨에 차 허공에 펀치를 날렸다.

몇 초 뒤, 정작 코치 선생님의 아들은 되지 않았다는 것을 깨달았다. 하지만 코치 선생님은 전화로 계속 잭을 칭찬해 주고 있었다.

"너를 위해 파티를 열고 싶다. 축하해 주고 싶구나. 금요일, 우리 집에서, 어때? 친구들도 데려오고. 네가 원하면 누구든 좋다. 잭, 듣고 있니?"

잭은 코치 선생님을 생각하며, 깊은 숨을 쉬었다. 그는 자신을 돌봐 주고, 격려해 주는 사람이었다. 농구장 안과 밖에서도 언제나 아낌없이 시간을 내 주었다. 코치 선생님의 노고에 보답하기 위해서라도, 잭은 그의 팀을 떠나야 한다. 계약을 한다는 것은 매우 좋은 일이다. 정말 대단한 일이다. 뭔가 굉장한 일이 시작되는 것 같은 느낌이 들었다. 그리고 무언가 굉장한 일을 뒤로 남겨 놓는 기분이 들었다.

"코치님."

잭이 말했다. 그리고 또렷이 말하기 위해 다시 한 번 말해야 했다. 목이 잠겨 있었다. 잭은 자신이 더 똑똑해서 적절한 말을 잘할 수 있기를 바랐다.

"코치 선생님, 감사합니다. 모든 것에 대해서요."

"네가 정말 자랑스럽다. 넌 그럴 만해. 넌 내게 기쁨이었다. 이제 날아갈 때야. 잭, 훨훨 날아라."

잭은 그가 자신의 아빠였으면 하고 바랐다. 누가 저렇게 말해 줄 수 있단 말인가.


"아빠가 일이 늦게 끝난대."

조던이 말했다.

"6시 이전까지는 못 오니까 아마도 우리는 저녁을 7시 30분쯤에 먹게 될 거야. 아빠가 카레를 만들어 준대."

잭이 아파트를 둘러보았다. 자신의 아빠 집과 똑같았지만 매우 달랐다. 부엌 탁자 위의 과일 접시가 여러 다른 종류의 과일을 담고 있었다. 냉장고는 각종 채소들과 고기, 음료수로 꽉 차 있었다. 하지만 술은 없었다.

조던이 잭을 보았다.

"아빠는 점점 이런 것들에 빠져들고 있는 것 같아. 쇼핑에 요리에 뭐 그런 것들."

조던이 교복을 갈아입었다. 식사 전에 하는 첫 번째 일이었다. 조던이 입은 셔츠는 은색 글자가 적힌 검은색이었다. 조던이 먹을 것을 꺼내려고 팔을 들었을 때 윗도리와 바지 사이가 살짝 벌어져 살이 비쳤다. 조던이 꺼낸 것은 비스킷 상자였다.

잭이 바나나 한 개를 집었다. 7시 30분 전에 배가 고파질 것 같았다. 몸이 먼저 알고 있었다. 잭의 몸은 매우 많은 것을 결정하는 것 같았다.

잭이 조던을 따라 복도를 지나 조던의 방으로 들어갔다. 조던이 아이팟을 충전기에 꽂고 셔플을 눌렀다. 잭이 창턱 위의 사진 하나를 집었다. 조던이 부모님 사이에 서 있었다.

"너희 엄마 너를 닮았구나. 아니, 네가 엄마를 닮은 거겠지."

잭이 사진을 찬찬히 쳐다보며 침대에 걸터앉아 말했다.

조던의 몸이 약간 긴장하는 듯하더니 잭 뒤로 와서 앉으며 어깨 너머로 함께 사진을 쳐다보았다.

"넌 어떻게 적응할 수 있었어?"

조던이 물었다.

잭이 몸을 뒤로 젖히며 조던의 허벅지 위에 머리를 눕혔다. 잭은 그릇 위의 과일과 저녁 카레를 생각했다. 조던은 괜찮을 것이다. 잭은 조던이 치유되고 있는 것이 느껴졌다. 조던의 아빠도 분명 치유되기 시작했을 것이다. 조던의 엄마 역시 그러기를 바랐다. 그리고 잭은 조던에 대해서 기뻤다. 결코 자신이 겪은 방식은 아니었을지라도.

"내 생각으로는…….”

잭이 입을 열었다. 잭은 뭔가 올바로 생각해서 특별한 것을 조던에게 말해 주고 싶었다.

"난 내 인생에 있어 다른 부분에 집중하려 했어."

"미국 선수단이 되는 것처럼? 정말 대단해, 잭."

"그리고 우리처럼."

잭이 무겁지 않게 말했다.

잭이 머리를 들면서 조던을 자신에게로 잡아당겼다. 잭이 조던에게 키스하며 조던의 등에 손을 벌려 윗도리와 바지 사이의 벌어진 틈을 찾았다. 조던의 살결이 느껴졌다. 조던은 아무 말도 없었지만 조던의 몸이 반응했다. 조던의 몸이 대답을 하고 있었다.

"아빠가 집에 곧 오실 거야. 내 말 듣고 있어, 잭?"

조던이 물었다.

잭이 손을 뻗어 손가락을 조던의 입술에 대었다. 그리고 더 이상 조던은 말이 없었다. 하지만 그것은 자신을 대답하게 하는 질문이었다. 잭이 아는 것은 많지 않았지만, 최소한 이것만은 알았다. 지금은 이것으로 충분한 것 같았다.

잭이 대답했다.

"응, 듣고 있어."


오늘 학교가 웅성거린다. 나는 확실히 알기 훨씬 전부터 많은 것을 느낀다. 마치 세상이 변하여 모든 사람이 그 이유를 알아내려 하는 것 같다.

국기가 오스트레일리아 국가와 함께 계양이 될 때 무언가가 허공을 뚫고 나른다. 일종의 넘치는 애국심이다.

국가가 끝난 뒤 공식 발표가 되면서, 체육 선생님은 사실상 신경이 곤두서 있다. 그는 학생들을 지적하며 마이크에 대고 거의 고함을 지른다. 잭 델란티가 완벽한 모습으로 등장하고 있다. 잭은 미국 농구 팀에 가게 되었다. 그리고 다른 모든 사람들이 그것이 마치 자신의 업적인 양 느낀다.

농구 선수 복장을 한 후배들이 잭의 등을 두드리고, 하이
파이브하면서 잭을 에워싼다. 잭이 친절하게 받아 준다. 나
는 잭이 피하고 싶은 순간도 있다는 것을 알 수 있었지만,
잭은 그렇게 하지 않는다. 잭은 나의 역할 모델이 될 것이
다. 이것이 바보 같다는 것을 알지라도 나의 심장이 잭으로
인해 부풀어 오른다. 잭은 나의 존재를 모른다. 그리고 그의
성공은 나와는 아무 관계도 없다.

이제 아무도 집중하지 않는다. 지루한 것에 대한 말이 이
어진다. 교장 선생님이 마이크를 잡고 웅웅거리고, 파리 한
마리가 내 얼굴 주변을 윙윙 돌아다니며, 내 눈에 들어올 듯
위협한다. 나는 눈을 감고 단편 잠자리 판타지 동화를 쓴다.
내가 다르게 바뀌면 잭은 그때 알아차리겠지. 나의 다리가
마법처럼 길어지고, 얼룩덜룩 푸르뎅뎅한 하얀 피부는 짙게
그을린 건강한 피부로 바뀐다. 나의 입은 시원하게 옆으로
벌어지고, 머리카락은 내가 흔들 때, 부드러운 실크 감촉이
된다. 그리고 저 멀리서 잭이 나에게 손짓한다.

조회가 끝난다. 나는 배낭을 들고 많은 애들의 혼잡스러
움과 충돌하지 않고 움직일 수 있을 때까지 기다린다. 잭이
뒷걸음치다 나의 발을 밟는다. 그는 사과를 하고, 내 이름이

무엇인지 생각해 내려 하는 것이 느껴졌다. 하지만 그는 생각해 내지 못한다.

아이들은 무리 지어 나갈 준비를 한다. 조던이 잭과 함께 있다. 그리고 뭔가가 일어났다. 왜냐하면 그들의 얼굴 전체에 커플의 낙인이 찍혀 있기 때문이다.

몇몇 소수의 아이들에게 종이가 건네지고 있다. 내 옆에 있는 딜런이 선택된다. 나는 그가 초대장을 들고 있는 것을 본다. 초대장에는 농구공이 줄지어 있고, 그 경계에 그물이 그려져 있었다.

나는 잭의 완벽한 집을 상상할 수 있다. 완벽한 집, 완벽한 남자애들을 위한 파티가 열리는 완벽한 장소.

나는 초라해 보이지 않고자 시선을 아래로 떨어뜨리고, 모든 시선에서 미끄러진다.

나는 조던이 갑자기 아차 하며 메러디스에게 돌아가는 모습이 흥미로웠다. 그들은 내가 듣고 있다는 것을 모른다. 그들이 메러디스 뒤에서 하는 얘기를 나는 들었다.

나는 거기에 있었다. 그리고 들었다. 분명히 메러디스는 그들을 용서하지 않을 것이다. 메러디스는 조던을 따돌릴 것이다.

그런데 놀라웠다. 메러디스가 그 초대장을 받아들인다. 허공에 농구공을 쏘는 척하며 조던과 함께 웃고 있다. 메러디스의 웃음이 평소보다도 덜 과장되어 보인다.

혹시 그들이 모두 메러디스에게 사과를 한 것인가? 혹시 모두 메러디스에게 용서해 달라 빌고, 메러디스가 받아들였나? 아니면 혹시 메러디스가 화가 난 것을 그냥 숨기고 있는 것인가?

그래, 이것이 문제다. 나는 전체가 아닌 직소 퍼즐의 오직 한 조각만 가지고 있다. 바짝 주의를 더 기울여야 할 필요가 있다.

나에게 리와 샘은 잘 보이지 않는다. 하지만 세실리아는 혼자 있고 싶은 양, 빠르게 걷고 있다. 세실리아는 가장 관심 갖게 만드는 아이다. 가끔, 나는 세실리아가 나와 체세포 분열한 나의 또 다른 이면 같다는 생각이 든다.

세실리아는 다른 사람을 기다리지 않는다. 세실리아의 발레리나 포즈는 늘 우아하지만, 그 애의 몸매는 섬세함에서 빈약함으로 바뀌고 있는 것 같다. 이것이 세실리아의 우아함을 조금 반감시킨다.

나는 세실리아에 관한 이론을 세우고 있지만, 아직 초기 단계다. 조사가 더 필요하다.

　저 빛나는 그룹에 균열이 있다. 나는 그것을 느낄 수 있다.
속부터 겉까지, 겉부터 속까지.

# 세실리아

세실리아가 막 세탁된 손수건을 접어 조심스럽게 대나무 바구니에 올려놓았다. 그 위로 색색의 작은 비누를 반원을 그리며 늘어놓았다. 세실리아가 뒤로 물러섰다. 마음이 바뀌었다. 비누를 둥근 원으로 재배치했다.

방 안의 욕실을 둘러보았다. 손수건은 엷은 파란색이었다. 그것이 욕실에 걸려 있는 다른 타월 두 개와 모두 C자의 이니셜을 보이며 짜 맞춘 듯 잘 어울렸다. 약간의 차이로 똑같이 걸려 있지 않았지만 이제 고쳐졌다.

세실리아는 최근에 잘 지내 왔다. 한 가지 방식으로 강하게 견뎌 왔다. 의지력이 차고 들어와 오랫동안 머물렀다. 그 의지력에 기대어 적절한 다이어트를 할 수 있었다. 사과 하나로 빗속에서 오래 달리기를 했다. 당근 세 개로 한 시간

춤 연습을 지탱했다. 그리고 샐러리가 그만이었다. 샐러리는 먹는다는 그것만으로 칼로리를 태울 수 있기 때문이다. 극도의 지방 분해 작업이 온라인 칼로리 측정으로 체크되었다. 믿음이 갔다.

세실리아는 발표회 밤 이후 다른 것은 할 수가 없었다. 욕실에서 나와 목욕 가운을 헐렁히 걸치고 자신의 방으로 들어왔다. 이불 밑 시트가 뭉쳐서 어지러 있는 꼴을 보는 것은 매우 불쾌했다. 세실리아가 이불을 완전히 젖혀 침대 시트를 매트리스 밑으로 쫙쫙 당겨 밀어 넣으며 깔끔히 정리한 다음 이불을 다시 펼쳤다.

서랍장 위에 놓인 전자시계가 세실리아에게 시간을 알려 주었다. 세실리아가 전자시계를 쳐다보는데 이상하게도 어질러진 느낌이 들었다. 그리고 계속되는 이 느낌은 세실리아가 얼마나 많은 타월을 접었는지와는 무관하게, 얼마나 많이 침대를 정리했는지와는 무관하게, 바로잡히지 않는 것이었다.

세실리아는 세계가 혼란스런 축으로 돌아가는 느낌을 멈추고 싶었다. 세실리아는 시계를 뒤로 돌리고 싶었다. 모든 것을 처리할 수 있는 시간으로 되돌리고 싶었다.

너무나 많은 것이 변했다. 너무나 많은 것이 계속 변하고 있다. 남자 친구들, 생리, 키스 그리고 아마도 훨씬 더 많은 것들이. 그것이 자신도 모르게 등줄기 아래로 진저리를 치게 하는 것 같았다.

조던과 잭. 메러디스와 샘. 오직 리만 남았다. 잭이 리가 아닌 조던을 좋아하기 때문이었다. 옛날에는 친구들 모두 같은 것을 느꼈는데…….

세실리아는 남자 친구를 원하지 않았다. 마음 안에서 분주한 것을 원하지 않았다. 하지만 메러디스가 세실리아가 딜런을 좋아한다고 비아냥거렸을 때, 세실리아는 그냥 그런 척 해야 했다. 다른 사람이 그런 식으로 느끼고 있었으니까. 어쨌든 세실리아는 남들이 그렇게 원하고, 그렇게 염원하는 것을 무심히 지나쳤다. 그래서 세실리아는 그러한 결핍을 만회해야 했다. 자신의 재능을 방향을 바꾸어 방어하는 것에 이용했다. 그것은 마치 예전에 댄스 수업에서 배웠던 문 워크처럼 어려운 조합이었다. 실제 움직이지 않고 서 있는 것 같은데 움직이는 것이다. 줄어들려고 하는데 자라는 것이다.

세실리아는 침대에 직선으로 누웠다. 이렇게 누우면 가슴이 평평해진다. 하느님께 감사하게도, 리처럼 가슴이 자라면, 춤은 더 이상 없다. 미래에, 어떤 식으로든지, 이상적인 스타일은 아니다. 가슴과 발레는 어울리지 않는다. 춤은 유일한 망각의 시간이다. 인생을 어지럽게 돌아가게 만드는 모든 변화를 잊게 해 주는 유일한 시간이다. 다른 어떤 것보다도.

메러디스가 그것을 시작하기 전이 더 좋았다. 세실리아는 심지어 그 단어도 싫어해서 생각 속에서도 사용하지 않았다. 그럼, 세실리아는 더 안전한 것같이 느껴졌다. 어쩌면 그렇게 도망칠 수 있는 것처럼. 하지만 그것은 '그것'이 와서 결코, 영원히 돌아올 수 없는 새로운 국면으로 끌고 가기 전까지만이었다.

하지만 메러디스는 매우 기뻐했다. 마치 우주에서 최고의 뉴스라도 생긴 것처럼 여자 친구들을 모두 모았다. 그리고 모두 생리대에 관한 잡담과 농담을 해 대느라 난리 법석이었다. 마치 메러디스가 대단한 것이라도 이룩한 것처럼 떠들어 댔다. 사실 메러디스가 한 거라고는 다리 사이에 피를 질질 흘리는 것뿐인데 말이다. 역겨운 것 아닌가.

그때 세실리아가 할 수 있는 유일한 것은 메러디스 뒤편

벽에 걸린 나무 액자의 수를 세는 것이었다. 위아래 수평으로 똑바로 맞춰진 액자들의 줄을 문이 가로막았다. 메러디스가 세실리아가 친구들에게 집중하지 않는 것을 알아차렸을 때, 세실리아는 액자를 258까지 세고 있던 참이었다. 메러디스가 무슨 문제가 있는지 물으며 세실리아를 압박해 왔다. 세실리아는 전혀 문제가 없다고 거짓말을 했다. 최근 꽤 많은 거짓말과 꽤 많은 변명을 했다. 왜냐하면 자신이 느끼는 대로 진실을 말할 수 있는 선택안이 없었기 때문이다. 그래서 무엇을 했는지에 대해서도.

세실리아는 자기 자신을 거짓말로 채워 갔다. 그리고 자신이 한 말을 실제로도 자신이 믿어 버릴 때까지 세실리아는 천천히 거짓말들을 소화했다. 점점 전문가가 되어 가고 있었다. 빈 도시락 통을 남긴 샌드위치 빵조각들, 먹다 던져 버린 비스킷 부스러기들로 채워 갔다. 사람들이 배고파 죽어 가는 세상에서 몹쓸 짓이었다.

어떻게 친구들에게 그것을 설명할 수 있을까? 심지어 자기 자신도 자신을 이해할 수 없지 않은가?

다른 친구들은 달랐다. 그들도, 그래, 문제가 있었다. 하지만 그들의 문제는 현실적인 것이었다. 그것들은 이해 가능한 것이었다. 조던 부모님의 이혼, 자신을 좋아하지 않는 누군가를 좋아하는 리. 그것들은 보통의 문제들이다. 그것들은 얘기될 수 있는 것이다.

메러디스가 자신의 엄마에 관해 얘기하면서, 왜 자신이 항상 농담만 해 왔는지를 말했던 때에도 모두 경청했고 이해했다. 메러디스의 이야기를 풀어 내며, 함께 울고, 웃었다. 메러디스는 그들의 이해를 얻을 자격이 있었다.

세실리아도 조용히 자신의 문제를 음미해 보았다. 하지만 자신은 어떠한 자격도 없었다.


세실리아가 자신의 지갑에서 지폐를 세어 보았다. 그리고 가방 지퍼를 열어 지갑을 집어넣었다. 아빠가 몇 달 전에 프라하에서 세실리아를 위해서 산 가방이었다. 아빠는 그것을 음악회에 연주하러 가던 중 상점 유리창에서 봤다.

아빠의 심포니 오케스트라는 극찬을 받았다. 아빠는 그 당시 한 달 동안 프라하에 가 있었다.

"조나단 월터스, 창의적 열정에 정점을 찍다."와 같은 헤드라인의 신문 조각들이 부엌 식탁 위에 보란 듯이 놓여 있었다. 그리고 그 가방이 왔다.

아빠는 세실리아가 좋아할 것이라고 생각했다. 그리고 그랬다. 세실리아는 그 단순함, 하얀 캔버스, 그 천에 아로새겨진 중국의 파란 새 문양을 좋아했다. 대나무 고리가 세실리아의 어깨를 감쌌다. 크기 역시 완벽했다.

밖에는 오후의 햇살이 빛났다. 쇼핑센터 안의 불빛이 인공적이고 보기 싫었다. 사람들이 가게 상표가 여기저기 붙어 있는 비닐 백에 저마다 필요하다고 생각하는 물건들을 채운 채 걸어 다녔다.

세실리아의 가방은 비어 있었다. 지금까지는 지갑을 꺼낸 적이 없었다.

세실리아가 애완견 가게 유리창 앞에 멈췄다. 무대 의례가 있었다. 오늘은 강아지 세 마리였다. 몰티즈와 시츄들이었다. 솜털 뭉치 강아지들이 누가 어디에서 끝나고 누가 어디에서 시작하는지 모르는 것처럼 서로 위로 올라타려고 애쓰며 뒹굴뒹굴 굴렀다. 형제 자매들 같았다.

세실리아는 외동딸이었다. 그것은 매우 신중한 선택이었다. 부모님은 세실리아의 인생에 투자하고 모든 것을 해 주길 원했다. 댄스와 학원, 노트북과 아이팟. 세실리아는 그것들을 쉽게 가졌다. 그러나 이자가 붙는 대출이었다.

코코의 인터넷 카페는 어둡고 분위기가 있었다. 커피 향이 그윽했다. 쇼핑센터의 천국이었다. 어두운 초록색 불빛이 장착된 천장에 검은 레이스가 드리워져서 개인 인터넷 부스를 가리고 있었다. 세실리아는 마지막 부스를 선택했다. 숫자 10이었다. 매우 사적인 곳이었다.

두 번째 무대 의례가 시작되었다. 세실리아가 검색창에 글자를 써넣기 전에 자신의 손목과 지갑을 만지작거렸다.

인터넷 웹사이트가 세실리아에게 용기를 주었다. 사이버 공간에서는 더 이상 혼자가 아니었다. 누군가가 충고를 해 주었다. 충고는 역겹기도 하고 환상적이기도 했다. 특별히 어떻게 들키지 않는가에 대한 요령 팁이었다.

세실리아는 더 이상 쓰고 싶은 마음이 들지 않았다. 자신의 뇌에 단단히 심겼다.

세실리아는 사이트를 닫고 홈페이지로 돌아갔다. 그리고 자리를 나와 계산대에서 돈을 내면서 고개를 계속 숙이고 있었다. 누군가 자신의 부스에 머리를 디밀었을 때, 불빛이 자신의 교복을 비추었음에 신경이 쓰였다. 모르는 누군가의 다리였다. 다행이었다.

슈퍼마켓에 들어가기 전에 주변을 둘러보았다. 세 번째 무대 의례가 있었다. 복도를 걸어가며 계속 체크했다. 아는 사람은 보이지 않았다.

두 번째 진열 통로가 시작 지점이다. 모든 것을 질서 정연하게 하는 것이 중요했다. 짭짤한 과자류가 먼저고 그 다음이 칩 종류이다. 커다란 통들은 세일 중이었다. 세실리아는 부모님이 준 돈을 멍청하게 쓰고 싶지 않았기에 저런 것은 일종의 보너스였다.

세실리아는 부모님이 얼마나 열심히 일하는지를 알았다. 세 통이 카트에 들어가고 세실리아의 캔버스 가방이 그 위에 덮였다.

생각은 칸칸이 나누어 단계를 분리시키는 것이 중요했다. 지금은 물건을 사는 시간이었다. 그것은…… 쉬이 나가기 전에 잠시 앉을 수 있는 무난한 부분이었다. 이것은 준비 단계였기에 세실리아는 벌써 무엇에 대해 준비를 하고 있는 것인지 생각할 필요는 없었다.

카트 바퀴가 자신의 생각을 가지고 있는 것같이 보였다. 세실리아는 코너를 돌면서 카트를 밀기 위해 온 힘을 다하면서 6번 진열 통로로 향했다.

단것 코너였다. 초콜릿이 입힌 비스킷, 마시멜로는 완벽했다. 부드러운 것이 칩보다 나았다. 시간이 지나도 부드러울 것이다.

아이스크림은 어려웠다. 아이스크림이라면 부엌에 있는 냉장고가 필요할 것이다. 행여 볼 사람을 위해서 단지 한 통이 낫다. 많으면 두 통.

세실리아가 계산대에 카트에 있는 물건들을 빼서 올려놓을 때, 세실리아는 초조해 보였다. 이것은 조금 위험했다. 아무리 가장 인기 없는 슈퍼마켓을 골랐다 하더라도 누군가 줄에 있을 수 있었다.

혹시 몰라 계산대에 있는 점원이 컨베이어를 움직이기 위해 버튼을 누를 때까지 세실리아는 물건들을 가방으로 덮고 있었다.

"안녕."

점원이 말했다. 턱에 놀랍도록 커다란 여드름 하나가 눈길을 사로잡았다.

"그래서 남은 저녁에 뭐 할 계획이지?"

세실리아가 입술을 깨물었다.

"별거 없어요."

세실리아가 다시 말했다.

"별거 없어요."

목요일 밤에는 아무도 없었다. 아빠는 오케스트라 연습이 있고, 엄마는 법률 무료 상담 일로 야근을 했다. 상황이 도와주고 있다.

이틀 밤마다 한 번, 세실리아는 춤 연습을 했다. 과일에 대한 욕구는 날려 버리고, 샐러드는 스스로 허락했다. 그 다음 숙제를 끝내고 빨리 잠자리에 들 것이다. 집중할 필요가 있었기 때문이다.

세실리아는 모든 것을 바로잡으려 노력하면서 집중하는 것에 매우 지쳤다. 그리고 인생이 선로를 이탈하며 계속 빙빙 돌고 있는데, 과연 다른 무엇이 중요하단 말인가?

엄마가 냉장고 문 앞에 붙여 둔 쪽지가 세실리아에게 피루엣(발레에서 한 발을 축으로 팽이처럼 도는 것-옮긴이) 동작을 좀 더 연습할 것을 제안하고 있었다.

아빠는 세실리아를 위해 저녁을 준비해 놓았다. 볶음 요리였다. 큰 냄비 옆 의자 위에 음악 점수가 놓여 있었다. 아빠는 일을 결코 멈추지 않았다. 엄마도 실제 마찬가지였다. 그들은 성공의 역할 모델들이었다.

세실리아는 저녁 요리 대부분을 비닐 봉투에 버리고 바깥 휴지통으로 가져가 버렸다. 접시에는 완두콩만 남겨 두었다. 엄마 아빠 모두 세실리아가 완두콩을 싫어하는 것으로 알고 있다.

하지만 그들은 세실리아에 대해 다른 어느 것도 알지 못했다. 세실리아 방 침대 밑, 숨겨 둔 것이 있었다. 캔버스 가방 안이었다.

세실리아는 시작하기 전에 간신히 앉아 있었다. 그것을 하는 법에는 순서가 있었다. 세실리아는 그것을 완벽히 숙지하고 있었다. 칩을 입안 가득 밀어 넣을 때, 안도와 체념이 있었다. 입안이 가득 찰 때마다 더 배고픔을 느꼈다. 세실리아의 몸이 가득 채우려 절규하는 블랙홀 같았다.

세실리아는 빨리 움직이고 서둘러야 했다. 몸이 소화를 시작하기에 많은 시간적 여유가 없었다. 음식이 자신의 일부가 되어 영원히 쌓여 갈 것이다. 자신의 몸 안에서 자라날 것이다.

입이 가득 찰 때 사이사이 물을 몇 모금 마셨다. 인터넷 사이트에서 얻었던 또 하나의 도움이 되는 팁이었다. 이렇게 하면 음식을 부드럽게 해 주는 데 도움을 주어 과정을 쉽게 해 준다고 했다. 나중을 위해.

짭짤한 것에서 단것으로 이동은 매끄러웠다. 맛이 자연스럽게 겹쳐졌다.

세실리아는 침대 옆 카펫에 앉아서, 마시멜로를 채워 넣고 있었다. 이미 아이스크림은 물이 되었다. 단숨에 아이스크림을 마셔 버렸다.

세실리아가 향초에 불을 붙일 때, 세실리아의 입은 아직도 꽉 차 있었다. 집에 아무도 없는데도, 세실리아는 방 욕실의 문을 잠갔다. 혼자만 쓰는 욕실로서, 완벽하게 짝을 이룬 타월들, 동그랗게 원을 그린 작은 비누들로 항상 정돈되어 있었다.

세실리아가 한 손으로 머리카락을 뒤로 잡았다. 나머지 손의 두 손가락을 목구멍 안으로 밀어 넣었다. 편도선 위에서 손가락 끝을 흔들었다. 내장이 요동치며 모든 것이 거꾸로 밀려왔다.

칩 종류가 실수였다. 웹사이트에서 준 팁 하나를 잊었다. 목에서 변기로 쏟아질 때, 그 뾰족한 조각들이 목에 상처를 남기어 아팠다. 팔로 변기를 동그랗게 감아쥐며 차가운 타일 위에 무릎을 대었다.

다시 그리고 다시, 더 이상 아무것도 나오지 않을 때까지, 자신의 몸 안에 남아 있는 것이 없을 때까지 반복했다. 아무것도 남아서는 안 된다.

청소도 그것의 한 과정이었다. 세실리아가 변기를 문질렀다. 개수대 주변을 닦았다. 더러워진 손수건을 똑같은 깨끗한 것으로 바꾸어 놓았다. 접어서 비누와 함께. 새 칫솔을 포장지를 뜯어 꺼낸 다음 양치질을 하고 머리를 빗었다.

따끔거리는 목과 쓰린 위장과 함께 수치심이 일어났다.

세실리아가 욕실 문을 열고 마치 늙은 여자처럼 침대로 걸어왔다. 문손잡이에 걸려 있는 자신의 하얀색 발레 스타킹이 춤 공연에서 했던 두 가지 실수를 상기시켰다. 엄마 말이 맞았다. 자신의 피루엣 동작은 엉성했고, 포앵트(딱딱한 부분으로 서는 자세-옮긴이) 동작도 그랬다. 자신이 했던 매우 많은 실수가 떠올랐다.

러닝과 팬티만 입은 채 세실리아는 붙박이장을 열었다. 거울의 각도를 조절하여 욕실 문을 비추게 맞추었다. 그렇게 해서 자기 스스로의 앞과 뒤를 다 볼 수 있게 만들었다.

세실리아는 자신의 단점을 숫자가 부족할 정도로 셀 수 있었다.

앞모습. 세실리아가 똑바로 섰을 때, 러닝 위로 가슴이 보였다. 젖꼭지가 거울을 가리키며 뾰족 튀어나와 있었다. 그리고 엉덩이가 있었다. 몸의 상반신에 비해 비율이 맞지 않게 넓은 엉덩이였다. 그리고 허벅지 위쪽으로 너무 많은 살이 있었다.

최소한 위장은 지금 오목해졌을 것이다. 모든 음식을 제거한 것에 대한 작은 보상 같았다. 그 모든 음식을.

뒷모습은 훨씬 더 나빴다. 면 팬티 밖으로 불거져 나온 지방 덩어리 살들. 그리고 마치 3층짜리 몸통을 지닌 것같이 울룩불룩한 허벅지. 역겹기 그지없다!

운동을 더 열심히 해야겠다. 세실리아는 지친 몸을 끌고 방에서 최소한 60분 동안 춤을 추려고 하였다. 그럼, 300칼로리다. 전쟁이었다. 의지력 대 나약함. 오늘은 나약함이 이기려는 것 같았다.


오케스트라 음악의 초인종 소리가, 요란하게 울리는 세실리아의 아이팟 음악 소리를 뚫고 들어왔다. 세실리아는 춤을 멈추고 음악도 멈추고 순간 얼어붙었다.

세실리아의 집은 사람들이 불쑥 찾아오는 집이 아니었다.

시간 약속이 되어 예견되고 미리 준비가 되어야 했다. 아마도 영혼을 찾아다니는 사이비 종교 같은 존재들일 것이다.

세실리아의 영혼은 사용 가능하지 않다. 그냥 가만히 있으면 그들은 갈 것이다.

춤 공연 뒤에 친구들이 준 카드들이 책상 위에서 세실리아를 쳐다보고 있었다. 마치 세 장의 고소장 같았다. 카드들은 완벽한 간격으로 한 줄로 세워져 있었다.

'우아함, 재능, 세실리아.'

자신은 사기꾼이다. 그런 말을 들을 자격이 없다.

현관 앞에 누군지 가지 않았다. 베토벤 5악장 멜로디의 초인종을 누르고 또 누른다.

세실리아가 신음 소리를 내고 레깅스와 스웨터를 입고 부엌을 거쳐서 현관문을 열었다.

"우리 모두 이 문제를 풀려면 도움이 필요해, 세실리아."

메러디스였다. 메러디스는 초대도 없이 이미 문 안으로 걸어 들어오고 있었다.

"콜턴 선생님이 이 모든 숙제를 내 준 건 불공평해."

그리고 조던과 리가 아무 말 없이 메러디스 뒤로 걸어 들어왔다.

세실리아가 머리를 긁었다. 자신은 그 문제를 이틀 전에 다 풀고 이미 다음 장으로 넘어간 상태였다. 세실리아는 수업 진도에 앞서 있었지만, 그래도 자기 자신이 정해 놓은 진도에서는 뒤에 있었다.

세실리아의 눈이 리에게 고정됐다. 리에게서 뭔가 특별한 것, 수학 문제가 아닌 다른 무엇인가가 진행되고 있음이 느껴졌다. 리는 무엇인지를 추측하게 해 주는 데 최고로 도움이 되는 친구다. 리는 진실을 말해 주는 계기판 같았다.

그래서 세실리아는 리의 신경에 의존하여 주로 정보를 얻고 세실리아와 친구들은 리가 불편해하는 것에 안건을 맞춰 왔다. 지금 그런 불편함이 리의 눈 속에 있었다. 리의 눈이 깜박이고 있었다.

"그 수학 문제들은 쉬웠어."

세실리아가 부드럽게 말했다.

쉽지 않은 것은 지금 이 상황이었다. 어떤 계략처럼 느껴졌다.

세실리아는 깨끗한 치약 느낌이 아니라, 담즙이 올라오면서 내는 더러운 악취를 자신에게서 느꼈다. 그래서 현관문 뒤로 물러나 친구들로부터 안전한 거리를 유지하려 하였다.

제발 그들이 알아주고 가 주기를 바라며.

"세실리아, 우리 들어가도 돼?"

리가 물었다.

친구들이 세실리아를 지나치며, 세실리아 방으로 향했다.

수학 책과 숙제 공책이 책상 위 카드 옆에 있었다. 세실리아가 조용히 그들이 밑을 보지 못하게 하려 했다. 자신의 침대 옆 바닥에 음식 쓰레기가 담긴 투명 쓰레기봉투가 놓여 있었다. 아직 그것을 바깥 쓰레기통에 옮겨 놓지 않은 상태였다.

"그래서 너희들 지금까지 어디에 있었던 거야?"

세실리아가 그들의 눈이 바닥에서 멀어지길 바라며 책을 자신 쪽으로 높이 들어 올리면서 애써 밝게 물었다.

"세실리아, 그거 수학 책 아니야."

리가 조용히 말했다.

"아니야."

조던이 동조했다.

"아니라고."

그들의 목소리에는 뭔가 빠진 것이 있었다. 아니면 추가된 것이 있던가. 세실리아는 어느 쪽인지 확신할 수 없었지만,

목소리가 다르긴 달랐다.

"세실리아, 사실 우리는 뭔가 말할 게 있어서 여기 왔어. 우리 너에게 할 말이 있어."

메러디스가 말했다.

메러디스가 웃음기 없이 부드럽고 진지한 어조로 말하는 것을 들으니 이상하기 짝이 없었다.

"누군가가 리의 사물함에 쪽지를 넣었어."

메러디스가 계속 말을 이었다.

"그렇지 않아도, 사실, 우리 모두 뭔가 이상하다고 의심하던 참이었어. 너는 학교에서 절대 먹지 않아. 결단코 말이지. 우리는 그런 네가 걱정이 돼, 세실리아. 응? 세실리아?"

세실리아의 비어 있는 위장이 부글거리고 있었다. 심장은 쉬지 않고 한 시간 동안 춤 연습을 하고 난 직후처럼 심하게 뛰고 있었다.

리가 눈을 깜박였다. 그리고 세실리아에게 공책에서 찢어 쓴 쪽지 하나를 건넸다. 손으로 쓴 글자였고, 글자만으로는 누군지 알 수 없었다.

**나는 너희들이 너희 친구가 코코스 인터넷 카페에 들리는 걸**

알아야 한다고 생각해. 그 애가 접속하는 웹사이트는 식욕이상항진증(폭식하고 토해내기를 반복하는 증상-옮긴이)과 거식증에 관한 비법과 요령을 가르쳐 주는 곳이지. 나는 이 정보가 너희들이 그 친구를 도와주는 데 도움이 되었으면 해.

이게 다였다. 이 외에 다른 것은 아무것도 적혀 있지 않았다. 하지만 이미 너무 많은 내용이 들어 있었다.

발가락 끝에서 가슴까지 온 몸을 관통하는 공포감이 느껴졌다. 갑자기 세실리아는 자신의 컴퓨터 앞을 걸어가며 입고 있었던 교복과 신발이 기억이 났다. 자신을 발로 차 버리고 싶었다. 어떻게 그렇게 부주의할 수 있을까? 자신의 그런 부주의함이 너무 멍청하게 느껴졌다.

누가 그런 다리를 가지고 있는지 알 수 없었다. 누가 도대체 자신에게 이런 짓을 한단 말인가?

"이 쪽지 아무 의미 없는 거야."

세실리아가 애써 차분한 목소리를 내며 말했다.

"이건 단지 어딘가 좀 이상한 애가……."

세실리아는 말을 끝낼 수가 없었다. 조던이 쭈그리고 앉아 쓰레기봉투를 열고 있었다. 칩 봉지, 아이스크림 통, 비스킷 부스러기들…….

세실리아는 기절할 것 같았다. 어떤 말도 할 수 없었다. 이번에는 함께 엮을 거짓말을 찾을 수가 없었다.

세실리아는 그들이 가 주기를 원했다. 혼자 있고 싶었다.

"세실리아, 우리는 누가 이 쪽지를 썼는지 몰라."

리가 약간 떨리는 목소리로 말했다.

"하지만 너에게 문제가 있다고 생각해. 우리는 너를 도와주고 싶어. 우리는 왜 네가 너 자신에게 이런 짓을 하는지 이해할 수 없어."

"우리 전화 상담 서비스도 받았어."

조던이 말했다. 조던이 그 증거물들을 다시 쓰레기봉투에 담아 침대 밑으로 밀어 버렸기 때문에 최소한 지금 눈앞에 보이지는 않았다.

"문제는 그들이 우리가 대답할 수 없는 산더미 같은 질문을 했다는 거야. 예를 들면, 어떻게 너 스스로를 바라보는가? 너는 실제 너 자신이 어떻게 보이는지 자각하고 있는가? 등등."

"너는 작아, 세실리아."

메러디스가 끼어들었다.

"너도 그거 알아? 그리고 이렇게 계속하면 너는 아프게 돼. 우리는 너를 사랑하고 우린 모두 네가 잘되기를 바라. 전화 상담사가 설명해 주었는데, 이건 병이래. 질병이라고. 그러니까 상담사는 본인의 전화가 꼭 필요하다고 말했어. 세실리아, 나는 이것을 적절히 어떻게 말해야 할지 모르겠지만 너의 몸은 단지 너의 몸이 아니야, 세실리아. 너도 알 듯이……."

세실리아는 머리가 아파 왔다. 만일 이 모든 시끄러움이 사라져 준다면, 만일 그들이 말과 질문을 멈춰 준다면…….

"가!"

세실리아가 말했다.

"그냥 나가!"

세실리아는 지금은 아무것도 하고 싶지 않았다.

"그냥 가."

침묵이 귀를 먹먹하게 만들고 있었다.

친구들은 그것에 면역성이 있는 것 같았다.

"세실리아, 우리에게 말해. 제발."

리가 말했다. 리의 눈동자에 눈물이 차올랐다.

"나, 할 수 없어!"

세실리아가 소리쳤다. 그리고 정말로 할 수 없었다. 어디에서 시작되는지 알았어야 했다. 언제 멈춰야 하는지 알았어야 했다.

"나, 할 수 없어."

세실리아가 다시 말했다. 하지만 이번에는 부드러운 음성이었다.

"자."

리가 세실리아에게 줄 작은 카드 하나를 쥐고 말했다. 세실리아는 쳐다보지 않았다. 리가 팔을 뻗어 그것을 세실리아의 책상 위에 놓았다. '우아함'이라고 쓰인 카드 옆이었다.

"전화 상담 서비스 전화번호야."

친구들이 한 명씩 세실리아를 포옹했을 때, 세실리아는 로봇과 같았다. 아무도 쳐다보지 않았다. 그들의 발자국 소리가 복도를 따라 멀어져 갔다. 현관문이 부드럽게 닫혔다. 그러고 나서 세실리아는 혼자가 되었다.

세실리아가 카펫에 털썩 주저앉았다. 다시 입안으로 밀려오는 끔찍한 맛을 꿀꺽 삼키는데, 무슨 기름 향 같은 것이 났다. 그렇게 아무 생각 없이 한참 동안 있었다.

세실리아가 책상 위의 카드를 쳐다보았다. 침대 밑에 팔을 뻗어 쓰레기봉투를 꺼냈다. 빈 포장 껍데기를 세었다.

책상 위 카드들을 집으면서 원초적 슬픔 같은 것이 밀려왔다. 목이 따끔거렸다. 우아함, 재능, 세실리아. 모두 쓰레기들 속으로 던졌다. 세실리아가 쓰레기봉투를 바깥 쓰레기통에 버렸다.


부모님이 함께 집에 돌아왔다. 엄마 아빠가 잠자리 키스를 해 주려 머리를 숙일 때, 세실리아는 자는 척하고 있었다.

세실리아는 어둠 속을 표류하며 잠의 경계선을 맴돌았다. 울고 싶었지만 눈물이 나오지 않았다. 마치 몸이 마음과의 관계를 거부하는 것 같았다. 자신은 그런 관계를 가질 자격이 없는 것 같았다.

그날 밤은 그렇게 계속해서 끌려다니고 있었다. 그리고 영원히 끝나지 않을 것만 같았다. 자신의 미래에도 영원히.

세실리아는 누가 그 쪽지를 썼는지 궁금했다. 누구든지 미웠다. 그 웹사이트에서 가르쳐 준 가장 중요한 팁을 따르지 않았던 자기 자신이 미웠다. 자신의 사이트 기록을 지워야 한다! 걸리면 안 된다!

방 안에서 질식할 것만 같았다. 창문을 열었지만 도움이 되지 않았다. 질식할 것 같은 자신의 인생이었다. 모든 것을 해결하고자 자신의 감정부터 내면 깊숙이 짓눌렀다. 그리고 치밀한 거짓말의 그물을 만들어 내야 한다.

친구들은 자신의 일에나 신경을 써야 한다. 그들이 남을 평가해서는 안 된다. 이렇게 살아남아야 한다. 하지만 살아 남는 것이 살아가는 것과는 다르다는 것을 알았다.

전자시계가 새벽 3시를 알렸다. 그 시간이 메러디스의 말을 떠올리게 했다. 그런 말을 한 것이 어떻게 메러디스였는지 이상했다. 새로운 메러디스였다.

"너의 몸은 단지 너의 몸이 아니야, 세실리아."

손전등이 제자리에 있었다. 왼쪽 첫 번째 서랍. 세실리아가 부엌을 통해 바깥으로 나갈 때, 마룻바닥이 삐걱거리는 소리를 냈다. 초승달 모양의 달이 세실리아 곁을 서성였다. 세실리아가 쓰레기통 뚜껑을 들고 쓰레기봉투를 풀었다. 카드들이 거기 있었다.

세실리아가 꺼냈다. 조금 구겨지고 얼룩이 묻었지만 기본적으로 온전한 채였다.

'우아함, 재능, 세실리아.'

세실리아가 쓰레기통에 몸을 기댔다. 진짜 자신이 맞나 싶었다.

세실리아는 친구들에게 화가 나지 않았다는 것을 알았다. 심지어 그 쪽지를 쓴 누군가에게도 화나지 않았다. 그럼 무엇에 화가 났단 말인가?

두려웠다. 어떻게 이런 길에 접어들었단 말인가? 이 길은 어디로 가는 길일까?

다시 방에 돌아와 보니 전자시계가 새벽 4시 15분을 알리고 있었다.

세실리아가 카드들을 다시 책상 위에 올려놓으려 했다. 그런데 '재능'이 세워지지 않았다. 그것을 다른 카드에 기대면서, 리가 준 명함이 보였다. 그것이 세실리아가 모조리 버릴 때 용케 빠져 있었다.

새벽 6시 15분, 새들이 일어났다. 새들은 노래하지 않았다. 그들의 소리에는 리듬이 있었지만 노래는 아니었다. 짧지만 날카로운 파열음이 한 마리 새에서 다른 한 마리 새로 질문과 대답처럼 이어졌다. 분명 모든 아침이 노래를 부르게 하는 것은 아닌가 보다.

어쨌든 아침이었다. 어쨌든 새로운 시작이었다.

세실리아가 침대에서 나와 책상 앞으로 걸어갔다. 명함을 집었다. 이름 하나와 전화번호가 한쪽 면에 적혀 있었다. 뒷면에 리의 예쁜 글자가 한 줄 적혀 있었다.

우리는 너를 사랑해. 그리고 너도 우리를 사랑해 주기를 바라.

세실리아가 전화를 걸었다. 도움을 받기 위해.

# 르네

물튼 선생님이 학생들이 앞의 수업을 끝내고 도착했을 때, 교실로 들어오는 것을 막으며 복도에 서 있었다.

나는 물튼 선생님을 조심해야 한다. 그는 특별한 선생님이니까. 나로부터 최고를 끌어내 주는 선생님이지만, 나의 작품을 보기에 위험스럽다. 하지만 어떤 차원에서든 그가 나를 보고 있다.

나는 모두가 도착할 때까지 기다리면서 뒤쪽 벽을 서성거린다.

오늘 물튼 선생님에게는 긴장감 이상의 것이 감돌았다. 회색과 빨간색 체크무늬 셔츠에, 희미한 카우보이 부츠, 뒤로 말끔히 빗어 내린 머리, 그리고 커다란 금색 시계를 흔들며, 잡아 올리는 손목.

"오늘 우리 수업은 다른 방식으로 할 거다."

선생님이 목소리를 높여 말했다.

"모두들 미술실로 움직이도록. 빨리."

나는 움직이는 마지막 무리에 끼어, 긴 복도를 지나, 건물 밖 미술실로 들어갔다. 그리고 심지어 그때도, 뭔가 일어날 것 같은 걱정이 들었다. 나는 확실히 예감할 수 있다.

미술실 안에 움직임이 있다. 나는 드리워진 블라인드 뒤를 볼 수 없을지라도, 발자국을 들을 수 있었다. 문이 스르르 열리고, 캐리나 미술 선생님이 복도에 들어온다. 그 옆에 물튼 선생님이 있다. 두 사람은 마치 공모자같이 서로를 향해 고개를 끄덕거린다.

"좋아, 패거리들."

물튼 선생님이 입을 연다. 가끔, 그는 '패거리들'이라는 말을 사용하여 아이들을 미치게 만들었다. 아무리 최고로 인기 있는 선생님이라 할지라도 이건 아닌 것 같다.

"캐리나 선생님과 나는 미술부 학생들과 함께 이번 전시를 위해 일해 왔다. 여러분들은 알지 못했겠지만, 이번 전시회 개최에 있어 여러분이 자극제가 되었다. 우리는 그동안 몇 주에 걸쳐 여러분들이 제출한 작품을 보며 감화를 받아

왔다. 여러분들이 이 방에 들어서면 내가 말하는 너희의 작품을 보게 될 것이다."

나는 침을 꿀꺽 삼킨다. 나는 몽롱하고 어지러움을 느낀다. 나는 나 자신에게 내 마음속에 뛰어든 작품은 아닐 거라고 확신시킨다.

"우리는 이 문 안에 분위기를 조성하려 노력해 왔어요."

캐리나 선생님이 낮고 차분한 음성으로 이야기한다. 그녀는 그런 목소리로 미술 선생님임을 외치고 있는 듯 했지만, 나에게는 그렇게 다가오지 않는다. 하지만 입고 있는 옷이 그런 것을 만회해 주고 있다. 길고 흐르는 듯한 머리도.

"우리가 여러분 모두에게 부탁하는 것은 여기에서 조용히 있어 달라는 거예요."

그리고 말은 계속 이어진다.

"여기서의 경험과 분위기를 흡수해서 이번을 계기로 여러분 각자 자신의 것으로 활용해 보길 바랍니다."

"네, 고귀하신 선생님들, 맹생하겠습니다."

잭이 불쑥 소리쳤다. 복도에 웃음이 터진다.

"명상이겠지, 멍청하긴."

메러디스가 장난스레 잭의 팔을 툭 치며 말한다.

이어서 샘이 동정하듯 잭의 팔을 문질러 주는 것이 매우 웃긴다. 메러디스가 그런 샘도 공평하게 한 대 때리는 것이 좀 귀엽다.

　메러디스는 최근 제자리로 돌아온 듯하다. 하지만 시끄럽지도 않고, 과장되지도 않는다. 어떤 균형점을 찾은 것같이 보인다. 하지만 유머 감각은 계속 잃지 않았다. 나는 어떻게 그렇게 할 수 있는지 궁금하다.

　캐리나 선생님과 몰튼 선생님이 모두가 진정하기를 기다렸다가 마침내 천천히 극적으로 문을 연다. 눈이 갑작스런 어둠에 적응하고 귀가 몰튼 선생님의 트레이드마크인 클래식 음악에 적응하는 데 잠깐 시간이 걸렸다.

　미술부 학생들은 모두 12학년이었다. 모두 교실 구석구석 흩어져서, 몇몇은 앉아 있고, 몇몇은 서 있다. 그들은 모두 명상에 빠진 듯하다. 교실 중앙에 하얀색 칠판 네 개가 굴림대 위에 있다. 각각의 하얀색 칠판이 위에 달린 조명으로 스포트라이트를 받고 있다. 시였다.

　나는 보고 싶지 않아, 아무 생각 없이 교실을 이리저리 서성거린다. 하지만 어쩔 수 없다. 교통사고의 목격자처럼 나는 봐야 한다.

첫 번째 내가 본 시가 나의 공포를 확인시켜 준다. 이름이 써 있지 않았지만 나는 누구의 시인지 안다. 나는 재빨리 내 시야 속의 다른 시들을 훑어본다. 그리고 최소한 그것들 모두 익명이어서 안심한다.

그 푸른 눈동자로부터 온 친절함이여,
우연처럼 그녀는 지나친다.
그녀의 아름다움, 하지만 그곳에 머무네.
있는 그대로 보여 주기 위함이 아닐지니.

세실리아의 시가 흐르는 서체로 크게 인쇄되었다. 거대한 유화 그림 옆에 있었다. 그림에는 서로 팔짱을 끼고 있는 두 소녀가 있다. 한 소녀는 녹갈색 눈동자를 가지고 있고, 다른 한 소녀는 파란색 눈동자를 가지고 있었다. 처음 흘깃 봤을 때는 그들이 보통 소녀들이라고 생각했다. 예쁘기는 해도 보통으로 예쁜 소녀들. 하지만 더 유심히 들여다보니, 파란색 눈동자를 가진 소녀의 어깨 너머로 거의 투명에 가까운 솜털 같은 날개가 달려 있는 것을 발견했다. 나는 순간 얼어붙었다. 나는 그 작품 앞에 서서, 세실리아와 리가 내 옆으

로 이동해 올 때까지, 나 자신도 잊어버린 채 몰두하고 있었
다. 나는 뒤로 물러선다. 어쩌면 너무 빨랐던 것 같다. 의심
쩍은 행동이다. 잠깐 순간에, 나는 그들이 리의 사물함에 쪽
지를 넣은 것이 나라고 의심하는 건 아닌지 궁금했다. 나는
그것이 그들에게 오싹한 일이었는지, 그리고 그것이 아프게
했는지, 아니면 도움이 되었는지 궁금했다. 그들은 순간적
인 움직임을 알아차리지 못한다. 그들은 그것을 모른다. 당
연히.

남자아이들의 웃음소리가 내 생각을 방해한다.

옆으로 발걸음을 옮기면 무엇이 그 웃음을 일으키고 있는
지 나는 알 수 있다. 그들이 보고 있는 시 옆의 작업용 부츠
를 신은 빼빼 마른 다리에 관한 그림 때문이었다. 그 그림에
는 그 다리를 때리려 하는 거인 지도자가 있었다. 그 시의
제목은 '더 빨리, 이 멍청아'였다. 나는 그 시가 딜런의 것임
을 단번에 알았다. 왜냐하면 잭과 샘이 그 애가 공사장에서
시간제 일을 하는 것을 놀리기 때문이다. 그들은 딜런을 백
치 또는 멍청이라고 부르는 공사장 사장을 가지고 딜런을
놀리는 것이다.

나는 남자애들에게 조용히 하라고 말하는 캐리나 선생님

을 주시한다. 나는 캐리나 선생님이 말하는 것처럼 화나지 않았다는 것을 알 수 있다. 남자아이들이 곧 그만두려 하면서, 슬쩍 뻔한 장난을 치고 킬킬거리자, 선생님의 입꼬리가 너그러운 웃음기로 살짝 올라갔다.

그러고 나서, 나를 쳐다보며 마치 그들의 장난과 부주의함을 함께 공감하는 것처럼 눈썹을 추켜올렸다. 나는 어떤 표정으로 답을 해야 하는지 모르겠다. 나는 그런 것을 결코 잘 알 수 없고, 나 자신이 잘할 수 있을지 결코 믿을 수도 없다. 나는 다시 하얀색 칠판에 쓰인 시를 읽으며 돌아다니기 시작한다.

물론 선생님 말이 맞다. 많은 시들이 좋았다. 그 옆의 배경이 되는 그림도 좋았다. 말의 의미를 강조하고 깊이를 더해주고 있었다.

나는 깊이 열중하고 있다.

내가 반복해서 돌아볼 때까지 나는 아이들이 함께 무리지어 있는 것을 본다. 그리고 더 많은 아이들이 교실 중앙에 있는 하얀색 칠판으로 걸어가고 있다. 발자국 소리 외에는 교실은 매우 조용하다. 나도 걸어가서 아이들 뒤에 선다.

나의 심장이 쿵 하고 떨어진다. 모두가 보고 있는 것이 내가 쓴 시, '밖에서 안으로'였다.

내가 그 옆의 그림을 보는데 내 눈에서 눈물이 난다. 그림은 수채화다. 음영이 부드럽고 섬세하다. 색의 향연이 느껴졌다. 태양빛으로 채색된 빛나는 드레스를 입은 소녀가 쭈그리고 앉아 있다. 그런데 소녀의 눈이 나를 잡아당긴다. 그 눈에 나의 시가 메아리치고 있다. 영혼이 충만한, 두려움에 찬, 그리고 희망을 품은.

누가 저 그림을 그렸는지 몰라도 내가 하고 싶은 말을 정확히 이해하고 있었다.

나는 세실리아의 어깨가 흔들리고 있는 것을 느낀다. 조던이 세실리아를 팔로 감싼다. 나는 리와 메러디스가 세실리아 곁에 가까이 다가감을 느낀다. 그것이 내가 쓴 쪽지로 그들 사이에 뭔가가 있었음을 감지하게 한다. 아마도 그들이 세실리아와 그 문제로 대면한 것일까? 아마도 내가 세실리아 안의 일부 반응을 촉발시킨 것일까? 하지만 나는 추측하고 있을 뿐이다. 나는 항상 추측만 하고 있다.

"풀튼 선생님, 저는 확실히 누가 이 시를 썼는지 알아야겠어요."

메러디스가 말했다.

"누구예요?"

물튼 선생님이 대답하려 하자 나의 몸은 얼어붙는다.

"그것은 스스로 자신을 드러내기를 원하는지 그 사람에게 달렸다."

선생님이 말했다. 그리고 나는 그가 몸을 내 쪽으로 돌리는 것을 느낄 수 있었다. 하지만 나를 쳐다보지는 않았다.

나는 여자아이들을 뒤돌아보며, 조던이 리의 손을 잡고 있는 것을 본다. 전에는 조던이 방탄유리만큼 자기 벽이 세다고 생각했다. 하지만 지금의 모습이 나를 놀라게 했다. 나의 머리를 의구심으로 가득 차게 했다.

다른 것은 나에게 떠오르는 것이 없는데? 다른 무엇을 내가 놓친 것이 있단 말인가?

나는 팔짱을 꽉 끼었다. 나는 어릴 적에, 혼자 돌고 돌다가 넘어지려던 때 같은 느낌이 들었다. 왜냐하면 나는 정말 넘어지려 하고 있기 때문이다.

나는 수많은 애들 중 하나이다. 아무도 보지 않고, 아무도 눈치채지 못하는 교실 뒤에 있는 그런 여자애다.

"저건 내 시야."

내가 말했다.

"내 이름은 르네야."


"르네야. 오늘 잘 지냈니?"

"네, 좋았어요."

나는 조심스럽게 말한다. 아빠가 집에 매우 빨리 와 있었다. 아빠와 엄마가 부엌 탁자에 앉아 있다.

"왜 지금 집에 있어요, 아빠?"

"아빠가 다른 일을 제안 받았어."

엄마가 대답한다.

"시드니야. 그래서 우리 가족 모두 얘기가 필요해서 집에 일찍 오신 거야."

나는 내 이마를 만진다. 이것은 데자뷰다.

"이건 정말 큰 제안이야, 르네."

아빠가 말한다.

"승진한 거야. 그러니까 더 많은 돈을 벌게 되는 거란다. 또 하버에 집을 사서 우리가 더 잘살게 되는 거지."

"아니."

내가 끼어들며 말한다.

나는 자신을 설명할 말을 찾아야 함을 알고 있다. 아빠는 논쟁을 하려 할 것이고 나는 아빠를 설득해야 한다. 그러려면 이유와 논리가 정연해야 한다. 왜냐하면 아빠의 머리 구조는 그래야 작동이 되니까.

하지만 나는 아빠에게 다르게 제시하려 한다.

"나는 다시 옮길 수 없어요."

나는 말한다.

"옮길 때마다, 내 세계는 흔들려요. 마구 흔들려서 나는, 나도 내가 누군지 오랫동안 알 수 없죠. 하지만 찾아가기 시작했어요. 아빠, 마침내 찾기 시작했다고요. 너무 어렵지만, 흥미롭고, 또 무섭기도 해요. 어쨌든 나는 여기에 그대로 살면서 나를 알아 가는 게 필요해요. 그대로 살면서 남들에게 나를 알 수 있는 기회를 주는 것이 필요해요."

아빠는 처음에 충격을 받았다. 탁자에서 한참 논쟁이 벌어진다. 나는 잠시 멈추며 내 방으로 올라간다. 내 침대에 앉는다. 지금까지 너무나 많은 내 방과 침대가 있어 왔다. 나는 2차 논쟁을 위해 아래층에 내려간다.

우리가 결정을 했을 때는 밤이 늦었다.

머물기로 했다.

밖에서 안으로


다른 모든 이는 답을 알 것 같다.
너는 그림자, 그들은 빛.
네가 많은 질문을 품을 때
그들은 모든 것에 답을 하지.


누군가 너의 몸을 만들고
다른 누군가가 너의 영혼을 만든 것처럼,
많은 부자연스런 부조화 속에,
너는 항상 한 걸음 뒤에 떨어져 있다.


다른 이들이 서로를 알아볼 때,
너는 혼자 남는다.
마법의 종이 다른 이의 세상에 종을 울려
너는 그들의 세상에 다가갈 수 없으니


너는 그림자 인생에 둥지를 틀고,
어디에서 끝이 나고, 시작이 되는지 모른다.

하지만 가끔 너는 묻는다.
그들도 역시 같은 걸 느끼지는 않을까?

밖에서 안으로, 그리고 안에서 밖으로.